他有一把
鋒利的小刀

劉以鬯

作品集2

目次

出版前言

劉以鬯先生，知名作家、報人。

先生一九一八年出生於上海，二〇一八年辭世於香港。百歲的生命歷程，藉由文學創作見證了二十世紀的時代變局與社會動盪。

他先後在重慶、上海、新加坡、馬來西亞、香港等地擔任報紙副刊編輯、出版社及雜誌總編輯。其編輯風格大膽創新、敢於嘗試，為文化界注入生猛的活力，並獎掖文壇後輩無數。

求新求變的風格也在個人創作中展現，他筆下的香港城市風景、樓市金融之泡沫，生活節奏之急遽，活靈活現；描繪不同階層的人物形貌，從孤兒到富人，從藍領到白領，無不栩栩如生。先生曾云：「我無意寫歷史小說，卻有意給香港歷史加一個注釋。」

代表作《酒徒》被視為華文世界首部長篇意識流小說，敘述一位滿腹壯志的職業作家受困在物慾橫流的社會中糾結苦悶的心境，揭示了理想與絕望、精神世界與物質文明的高度反差；《對倒》則以雙線並行的架構，各自發展兩位不相識的男女主角故事，細膩捕捉了愛情轉瞬即逝的傷懷。兩部作品成為王家衛導演電影《2046》及《花樣年華》靈感來源。

劉以鬯先生以現代主義精神營造了豐饒前衛的小說世界。節奏明朗的音樂性與蒙太奇式的電影感，加之作者自身傳奇色彩亦通過小說人物的內心獨白或對話，犀利地探觸到現代人的生存難題與心理面貌，並隱含了對社會結構、民生議題的批判，引起香港這一代人的共鳴，也是先生作品至今仍震撼新一代讀者，受到年輕人喜愛的原因之一。

先生筆耕不輟，毅力非凡，日寫萬字曾是常態，出版著作更逾四十多部。今年（二〇二三）適逢先生一〇五歲誕辰，聯合文學出版社精選推出劉以鬯作品集五冊，向這位文壇先行者致敬。

本作品集依完成年代序輯成五部，分別為長篇小說：《酒徒》、《他有一把鋒利的小刀》、《對倒》、《島與半島》；中短篇小說集《寺內》。其中《他有一把鋒利的小刀》、《島與半島》為首次在台出版。編輯作業尊重劉以鬯先生生前遺願，所有作品文字皆保留原始用法，於適當處加以注釋。

序

劉以鬯

這是一部用直接內心獨白和事情發展同時進行的小說。

雖然希臘悲劇與莎士比亞戲劇早已用過內心獨白；可是，有人認為「意識流小說的內心獨白，與傳統小說與戲劇的內心獨白並不一樣。」（《外國現代派文學辭典》第三〇八頁）不僅如此，有些評論家更喜歡用內心獨白與意識流這兩個術語去辨別人物較定形的意識活動和更混亂的、真實的思想流。學者如慈繼偉曾在《意識流與內心獨白辨析》中直截了當指出：「內心獨白既不是威廉・詹姆斯的意識流，更不是柏格森的所謂內在綿延。」這種看法，是應該接受的。事實上，被稱作意識流大師的詹姆斯・喬伊斯受了艾多阿得・杜雅爾丹的《丹桂樹被砍》的影響寫出《尤利西斯》；但是更接近《丹桂樹被砍》的作品卻是浮琴妮亞・吳爾芙的《海浪》。理由是：喬伊斯用意識流技巧寫《尤利西斯》；杜雅爾丹與吳爾芙用內心獨白寫《丹桂樹被砍》和《海浪》。

內心獨白有兩種：（一）間接內心獨白；（二）直接內心獨白。

作為一種技巧，直接內心獨白比傳統手法更能表達人物的思考。因此，在構思這部描寫善念和惡念進入交戰狀態的小說時，我決定採用直接內心獨白，讓小說主人公亞洪在心裏邊跟自己對話。不過，這本小說並不全部都是亞洪的內心獨白。除了描述亞洪的意識活動外，還採用混合描寫的方法，使事情的發展與人物的思考交替進行。我的寫法是：在描寫亞洪內心活動時，儘量做到不介入：在敘述事件發展時，並不退出小說。

這部小說發表於一九七〇—七一年的《明報晚報》，長二十一萬字，題名《刀與手袋》。現在，為了強調小說主人公在無法抗拒引誘時的矛盾，我刪掉五萬字左右，還將題目改為《他有一把鋒利的小刀》。

（一九九五年二月二十三日）

編注：本文為《他有一把鋒利的小刀》一九九五年香港獲益出版社版之原序。

他有一把
鋒利的小刀

OI

道友超憤然將筷子朝桌面一擲，使亞洪的心跳因驚詫而停跳一拍。事情是這樣的：道友超在麻雀館輸了錢，性情變得非常暴躁，向妻子拿錢時碰了釘子，就用這動作來宣洩盤結在內心的氣憤。（天天走去打麻雀，天天輸，天天拿阿媽來出氣，真不講理。阿媽辛辛苦苦糊紙盒、釘珠袋，一天賺不了幾塊錢，拿給他去打牌，幾分鐘就輸掉。）母親雙手掩面，竭力遏止著不讓自己哭出聲來。她是一個懂得忍耐的女人，受了委屈，除了流淚，絕不會多說一句話。道友超仍在嘩啦嘩啦亂罵，企圖藉此強逼個性軟弱的妻子拿些值錢的東西出來。亞洪看不慣這種嘴臉，放下手裏的碗筷，朝外急走。（總有一天要跟他算賬的。）站在電梯口的時候，依舊可以聽到父親在大聲咒罵；只是聽不清他在罵些甚麼。（阿媽真可憐，我應該設法找些錢來幫她解決問題。）進入電梯，裏面像罐頭沙甸魚似的擠著十來個人。男人身上的汗臭加上女人身上搽的廉價香水混合成為一種奇異的氣息，使他祇想嘔吐。（這幾天，搶劫的事情特別多，只要有適當的機會，還是可以搶到錢的。有了錢，不但可以陪冼彩玲到大嶼山去玩一天；還可以拿一些給阿媽。）走出大廈，惘惘然莫知所從。將手插入褲袋時，又將那把彈簧刀握得緊緊的。

平地颳起一陣狂風，不知道甚麼地方吹來一張舊報紙。這舊報紙像包腳布似的，裹著他的小腿。他彎腰曲背，將舊報紙拾起。憑藉街燈的光芒，見到報紙上有一幅裸女的照片。這裸女的體態很美，美得像雕塑家的傑作，不能加一點；不能減一點。然後他看到一則本港新聞，標題是：

惡飛持刀截劫

判受笞刑十藤

亞洪對這種新聞最感興趣，走到街燈底下，細讀內容。他的情緒緊張起來了。

新聞內容是這樣的：一個無業青年曾在銅鑼灣區某大廈內持刀搶劫，劫得手袋一個，內有現款三百餘元及戒指一隻。警方憑線人報告，將該青年逮捕。……

（劫得手袋後，仍有被捕的危險。這種事情做不得。報紙印得清清楚楚：該青年在法庭裁定罪名成立後，法官以其罪行嚴重，除判入感化院之外，另受笞刑十藤。）

亞洪將那張舊報紙擲在地上，毫無目的地朝前走去，忽然產生無依無靠的感覺，嘴裏發苦。

（做不得，這種事情絕對做不得。萬一給警方抓去，到感化院裏去關幾個月還不成問題，笞刑的滋味可不好受。那報紙上說：被告在受笞刑之前，還要先接受身體的檢查。由此可見，笞刑的處罰並不好受。）

夜總會門前，停著一輛平治車。車門打開，走出一男一女。那男的胖得像啤酒桶，六十幾歲，嘴裏咬著雪茄。那女的很年輕，不會超過二十五歲，梳著寶塔式的髮型，穿著閃光的旗袍，打扮得十分花枝招展，像極了舞台上的花旦」。

（祇要有錢，即使六十幾歲，也會有二十幾歲的女人陪他上夜總會去尋歡作樂。在這個社會裏做人，沒有錢是不行的。但是，找錢也不容易。阿爸想贏錢，卻經常將錢在麻雀枱輸掉。阿媽替別人釘珠袋、糊紙盒，每天做得頭昏腦脹，也不過賺幾塊錢。）

走到一家上海菜館門前，站定。陳列窗裏放著醬鴨、醉雞、凍豬腳、海蜇皮、蔥烤鯽魚、蛤蜊……。

玻璃窗上貼著一張紅字條，用毛筆寫著這麼幾個字：「本店招請外賣」。

（送外賣是一種簡單的工作，祇要有氣力，就可以做。但是，待遇太差，一個月不過百來塊錢，不會有太大的幫助。）

繼續朝前走去，心裏搖搖的，一點頭緒也沒有。

這一區的情形與中環恰好相反。中環白晝熱鬧；這裏的夜晚比白晝熱鬧得多。大部分店舖都要到夜深時才打烊，只有銀行是例外。亞洪走到一家銀行門口。那銀行已關閉，裏外都沒有亮燈。有一個頭髮灰白的外省男子在銀行門口擺了一個書攤。因為這不是報紙檔，所以沒有報紙出售。此處出售的書籍，一般書店都不經銷。亞洪以前曾經在這裏買過幾本書，諸如《少女性祕密》、《奇異的性藝術》之類。現在，因為閒著無事，就睜大眼睛對那些擺在銀行大櫥窗前的書本仔細察看。

那些書名是極具誘惑力的：《敦倫搜祕》、《性題一千解》、《床邊勾奇》、《情婦的祕密》、《春風一度》……其中有一本，封面印著一個裸體女人，書名叫做《圖解性知識》。**（這裏面的圖解一定很好看。）**他伸出手去，將書本翻開。憑藉青色的街燈，他企圖看到一些不易多見的圖畫。**（奇怪，怎會一幅也沒有？題目叫做《圖解性知識》，怎會一幅圖畫也沒有？）**

「這是最新出版的，」賣書人在他耳邊低聲說。

「沒有圖解？」亞洪問。

「圖解在另外一本上。」

「你的意思是：要買兩本書？」

「這一本定價兩元；圖解的定價也是兩元，單買圖解也可以；不過，合買兩本可享八折優待：三元二。」

亞洪拿不出這麼多的錢，聳聳肩，朝前走去。**（這種書，有圖解對照，一定很好看。將來，要是能夠弄到一點錢的話，就該買幾本回去看看。不過，這一類書多看，也有問題。上次買了一本《奇異的性藝術》回去，看了三晚，每晚都遺精。）**想呀想的，站在一家歌廳門口。這歌廳前幾天還貼著「裝修內部」的紙條；此刻則亮著太多的電燈。亞洪抬頭一望，上面掛著六七個花牌，都是「知音人」送給歌星的。亞洪走到玻璃櫥窗前邊，將櫥窗裏的照片當作藝術品欣賞。

照片上的歌星，每一個都美，即使那些四十年代就出來唱歌的歌星，也很美。**（會不會是**

三十年前的照片？如果不是三十年前的照片；至少也是一二十年前的照片了。聽說，做歌星的收入比做電影明星更好。電影明星每個月只有兩三百元薪水；做歌星，不講別的，單是薪水，就有兩三千。……）他見到三幀男歌星的照片，這三個男歌星據說都是外地的「歌王」。（幾乎每一個職業男歌星都被人稱作「歌王」。在這裏，做「歌王」似乎並不是一件困難的事。前些日子曾經在報紙上讀過一段內幕消息，說是一個外地來的男歌星，在這裏唱了幾個月，拿了十幾隻鑽戒回去。）亞洪也喜歡唱歌，常在沖涼的時候唱〈負心的人〉〈恨你入骨〉之類的時代曲。（只要有機會，到歌廳去唱歌，總比走去菜館送外賣好得多。但是，這種機會並不是人人可得的。香港不知道有多少年輕男人喜歡唱時代曲；能夠成為「歌王」的，究屬少數。）他很想走進去聽一場歌；但是，身上沒有錢，只好朝前走去。（在這個社會裏的人，沒有錢是不行的。我必須設法找一點錢來。）

「亞洪！」

有人喚他。轉過臉去一看，原來是肥勝。這肥勝是個很有辦法的人，常常與工廠妹搞在一起。亞洪認識冼彩玲就是他介紹的。

「幾天不見你了，你在忙些甚麼？」肥勝問。

亞洪不知道自己在忙些甚麼，只好用聳肩的動作回答。

「你的臉色怎麼這樣蒼白？身體不舒服？」肥勝問。

「天氣太熱，」亞洪不能不撒謊，「晚上睡得不好。」

「晚上睡得不好？一定是在想女人！」肥勝笑得很大聲。亞洪也露了笑容，只是笑得極不自然。

「有沒有見到冼彩玲？」肥勝問。

亞洪不知道應該答些甚麼好，又用聳肩的動作回答。肥勝要他一同到桌球室去，亞洪沒有錢，只好推說另有約會，並非不想到桌球室去。事實上，他是很喜歡打桌球的。不過，沒有錢，走去桌球室就沒有甚麼意思。他繼續朝前走去，右手插在口袋裏，緊握彈簧刀。（無論如何總要設法找到一點錢。）他的腳步不自覺地加快了。（現在還不是下手的時候，太早。做這種事情，最好在午夜過後。）一家百貨公司的燈光特別強烈。這強烈的燈光有如吸鐵石一般將他吸引過去。他走進百貨公司，不是買東西，只想享受一下冷氣。（天氣真熱。有冷氣設備的地方終究舒服得多。）櫥窗裏陳列著的東西樣樣都好。（沒有錢，有甚麼辦法？還是將它們當作展覽會的藝術品吧。）有一個女人選購了一座象牙雕刻，打開手袋，從手袋裏掏出一大堆鈔票，交給店員。（鈔票，鈔票，手袋裏的鈔票。這個女人的手袋裏居然裝著這麼多的鈔票。如果在午夜過後遇到她的話……）那個女人轉過臉來，望望亞洪；亞洪臉上登時起了一陣熱辣辣的感覺，彷彿自己心事已給她看穿，連忙將視線落在別處。（她為甚麼看我？難道她心裏也在害怕？）亞洪不敢繼續站在那裏，略帶慌張地走去匹頭部。（我走到這裏來做甚麼？）他對女人的衣料全不感到興趣，只好走去家具部。

其實，他對家具也不感興趣。（那些東西是很好的。沒有錢，有甚麼辦法？如果有錢的話，就可以買些衣料送給洗彩玲了。女人都喜歡衣料，洗彩玲絕不是例外。）

抵受不了物質的引誘，亞洪決定走出百貨公司。當他朝大門走去時，無意中見到那個買象牙雕刻品的女人也婀婀娜娜走了出來。女人肩上掛著一隻手袋，那手袋隨著她的腳步盪來盪去。（不知道她走去甚麼地方？這是一個機會，我應該在後邊跟隨她。如果她走進一幢大廈，而那幢大廈裏沒有別人的話，我就可以在電梯裏下手了。）有了這樣的想法，握著彈簧刀的手有汗流出。（這是一個機會，那手袋裏裝著許多鈔票。）

女人捧著那座象牙雕刻走出百貨公司的大門，朝左走去。亞洪尾隨著她，右手握緊彈簧刀。那女人昂著頭，高跟鞋踏在士敏土[1]的行人道上，發出橐橐橐的聲音。她的腳步走得相當快，使那隻掛在肩頭的手袋盪來盪去。（她走去甚麼地方？）走到街口，她拐彎了。（那是一條橫街，並不十分熱鬧。她要是住在那橫街的大廈裏，我就有可能下手了。）越想越興奮，腳步加快。在街角拐彎，不由猛然一怔。那女人，在一輛汽車旁邊，拉開車門，先將那座象牙雕刻放在裏邊；然後進入車廂。亞洪站定，睜大眼睛望著那輛汽車絕塵而去。

沒有辦法，只好懶洋洋的繼續朝前走去。不知不覺間，已經站在渡海小輪碼頭旁的鐵欄桿邊了。鐵欄桿邊有許多人在向艇仔購買魚蝦蟹。海水當然不是靜止的。蛋家們，在搖呀搖的艇仔上，居然能夠非常自然地保持身體的平衡。他們用長竿將海鮮一籃又一籃遞上岸來：賣給岸上的買家。

亞洪無意購買海鮮，在鐵欄桿邊站了一會，掉轉身，走去坐在鬆著綠漆的長椅上。小輪從九龍開到這裏；又從這裏開往九龍。碼頭有如一隻大嘴巴：將許許多多搭船的人吃進去；又將許許多多搭船的人吐出來。亞洪見到不少挽著手袋的單身女子進入碼頭。也見到不少挽著手袋的單身女子走出碼頭。**（這不是下手的時候，必須耐心等待。）**海風吹來，使他沉沉欲睡。這幾晚，氣候炎熱，加上心緒不寧，睡眠是不夠的。此刻，經海風一吹，眼皮好像馱著過重的負擔，合上了。他夢見一個女人躺在地上，背脊插著一把刀。當他醒來時，碼頭上的氣氛與剛才大不相同。渡海小輪開到時，只有二三十個乘客走出。巴士總站也靜悄悄的。那些巴士一輛接一輛停在那裏，沒有司機，沒有搭客；沒有燈光。亞洪用手擦亮眼睛，對碼頭入口一望：熟食檔與報販也不見了。這是可以下手的時候。

走出碼頭，他發現大部分店舖已打烊。路上行人稀少；車輛也不多。當他在人行道上行走時，他可以清晰聽到皮鞋與士敏土[1]碰擊的聲音。**（皮鞋已補過，應該換一對了。現在流行方頭皮鞋，這種尖頭皮鞋早該擲掉。）**他不知道這是甚麼時候；不過，他相信在這個時候搶東西，被捕的可能性比較小。

1 士敏土，即水泥（cement）的英文音譯。魯迅曾在〈《梅斐爾德木刻士敏土之圖》序言〉中，推介蘇聯作家革拉特珂夫的作品《水泥》給中國讀者，這部小說當被譯為《士敏土》。

這一區，大廈特別多。在短短一條橫街邊，就矗立著七八幢大廈。這些大廈，有的關上鐵閘；有的敞開大門。有的需要走上十幾級石階才能搭乘電梯；有的站在街邊的人行道上就可以望見裏邊的電梯。（這麼多的大廈，到哪一幢去搶才好？）繼續朝前走去時，無意中踏了一腳狗屎。（真討厭！）他拾起一張舊報紙，將鞋底上那堆狗屎拭去。（保持城市清潔！廢物箱上漆著保持城市清潔六個字；但是每一條人行道上都有狗屎！香港人為甚麼那樣喜歡養狗？香港的居住環境這樣差，多數住在鴿籠似的房屋裏，既無花園；又無天井，為甚麼還要養狗？）鞋底拭乾淨之後，將那張舊報紙擲在地上，板著面孔，朝前走去。剛才，在海邊的長椅上已睡過一覺，此刻的精神相當好。他想起剛才夢見的種種。

走入一幢大廈。這大廈的入口處是一條狹長的走廊。走廊的一邊裝著許多信箱；另一邊則放著一隻藤椅。沒有人。一個人也沒有。（那隻藤椅，一定是管理員坐的。那個管理員到甚麼地方去了？）亞洪站在電梯口，兩架電梯都停在地下。（時候已不早，上落的人不多。）他轉過臉去望望走廊裏的那隻藤椅。（如果這藤椅是看更人坐的話，我就不該走到這裏來了。這一區大廈很多，為甚麼要選這幢有看更人的大廈？）正要離去，走廊裏傳來零亂的腳步聲。那是一對中年男女。男的身材高大，茁壯得像隻牛。當他們進入電梯後，他們望著亞洪，不知道他站在那裏做甚麼。亞洪再一次轉過臉去望望那隻藤椅，聳聳肩。（如果這裏有管理員的話，那管理員走去甚麼地方了？）

既然是一隻沒有人坐的藤椅，就沒有必要有太多的顧慮了。這地方進出的人不多，正是搶劫的理想所在。祇要有一個單身女子回來，多少可以搶到一點。這座大廈有這麼多的單位，總不會連一個遲歸的女人也沒有。他很有耐性地站在電梯口，凝視兩扇緊閉著的電梯門。那兩扇電梯門是鋼質的，淺紫色，被人用刀尖或鑰匙尖亂七八糟劃出一些圖與字。右邊那扇門的上角畫著兩顆心，由一枝箭串著，旁邊寫著「我要×你」的字樣。此外，有些字句因為重疊在一起，模糊不清。亞洪有點好奇：走近去細察，才知道那是一些粗俗不堪的句子，其中有兩三個字是詞典所不收而大家都明白它的意思的。此外，還有一行大字，「九樓A座大眼仔最衰！」但是，這一行字已被劃花。

有腳步聲傳來。亞洪轉過臉去一看，原來是六個人，一對中年夫婦與三個孩子，另外還有一位行動蹣跚的老太太。（**這麼多的人，怎樣下手？**）那六個人走到電梯口，各自將視線集中在亞洪身上，將他當作動物園裏的動物。亞洪心虛，很不自然地將視線落在兩扇電梯門上。這時候，他注意到左邊那扇門的下角有三個英文字：MARY KISS ME（**一個患單思病的書院仔！**）那六個人進入電梯後，依舊各自將視線落在他的身上。（**有甚麼好看？**）電梯門關上。亞洪這才舒了一口氣。（**時候已不早，許多外出的人都陸續回來了。祇要有一個單身女子回來，我就可以下手了。**）他繼續察看那兩扇鋼門上的圖與字，藉此消磨時間。……

有人輕拍他肩，使他嚇了一跳。（**這人走來時，怎會一點聲音也沒有？**）掉轉身，心似打鼓，咚咚咚的亂跳。那是一個身材高大而臉有菜色的中年男子，唐裝衫褲，手裏拿著一隻像手臂一般的電筒。（一定是管理員，在樓上巡視後，由太平梯走下來。）

「你不是住在這裏的？」中年男子問。

「我不住在這裏，」亞洪答。

「你上幾樓？」

「這不是你應該管的事情！」亞洪粗聲粗氣答。

那中年男子扁扁嘴，臉上擺出一面孔不好惹的神氣：

「你弄錯了。這正是我要管的事情！」

亞洪乜斜著眼珠子對大廈管理員一望，知道搶劫的計劃已不能實現，想走，又怕引起管理員的疑心，只好硬著頭皮站在電梯口。

「你究竟上幾樓？找姓甚麼的？」管理員問。亞洪不答，板著面孔，好像跟管理員鬥氣似的。

那管理員伸出手去指指電梯指示板：

「兩架電梯都停在地下，你為甚麼不上樓？」

「我喜歡站在這裏！」亞洪的語氣很難聽。

管理員皺緊眉頭，上一眼；下一眼，對亞洪身上直打量。亞洪踏前兩步，繼續察看電梯門上那些亂七八糟的圖文。管理員聳聳肩，三步兩腳朝走廊走去，一屁股坐在藤椅上。

亞洪偏過臉去一望，發現管理員睜大眼睛一眨不眨凝視著他。（這個傢伙的眼睛真犀利，可能已看穿我的心事。我要是就這樣離去的話，必會引起他的懷疑。）

在電梯口繼續站了三分鐘左右，亞洪走到管理員面前，堆上一臉不自然的笑容，改用溫和的口氣說：

「你知道我為甚麼站在電梯口？」

「不知道，」管理員答。

「我在這裏等女朋友。」

「住在樓上的？」

「不錯，她住在樓上。」

「幾樓？」

「不想告訴你。」

「姓甚麼？」

「不想告訴你。」

「她約你在這裏見面？」

「一點也不錯。」

「她為甚麼不下樓來？」

「她的父親。一定是她的父親不讓她下樓，」亞洪說。

管理員睜大布滿紅淤血絲的眼睛望著亞洪，望了一陣，牽牽嘴角，忽然有會於心地笑了起來，使緊張的氣氛頓時鬆弛。亞洪心上的那塊大石隨之消失，也露了一個並不代表喜悅的笑容。（可以走了。）他就這樣大踏步走了出來。走出大廈，釋然舒口氣。（好險！如果沒有這麼一點急智的話，事情就會弄僵。那傢伙對我已起疑心，幸虧我答得好，要不然，怎會這樣容易脫身？）腳步不由自主加快了。子夜過後，路上行人稀少，連來往的車輛也不多。亞洪做賊心虛，聽到自己的腳步聲，以為管理員追來了，一再轉過臉去觀看。（這種事情，看似簡單，做起來倒也並不容易。）不知不覺穿過了三條橫街，轉過臉去觀看，不見有人追來，站定，背靠牆壁，又舒了一口氣。（我又沒有做甚麼違法的事情，為甚麼恐慌成這個樣子？）眼珠子骨溜溜的一轉，四周靜悄悄的。（應該回去了。）就在這時候，一條小巷中忽然傳出亂糟糟的聲響。亞洪的情緒頓時緊張起來，定睛觀看，原來是兩隻野狗，一前一後，有如兩枝箭般從巷內竄出。當牠們竄到街中心時，雄狗一再爬在雌狗身上。雌狗顯然是不願意這樣做的，一味兜圈。那雄狗像攀牆草似的死纏著雌狗，使雌狗張大嘴巴去咬牠。稍過片刻，雌狗像枝箭般竄入小巷，雄狗也像枝箭般竄入小巷。四周又靜了下來。亞洪這才慢吞吞的朝前走去，右手插入褲袋，將那把彈簧刀握得緊緊的。（這是最好的時刻，怎麼可以回家？這裏，除了那兩隻狗之外，沒有別的動靜。祇要有一個單身女子在這時候經過，我就可以下手了？現在是不能回家的，要搶，這是最好的時刻。）

站定。

背靠一家店舖的排門。這家店舖已打烊。

望望對面。

對面是一幢只有十一層高的樓宇。入口處，亮一盞昏黃不明的電燈。

（那幢大廈裏燈光黝暗，祇要有單身女子回來，多少總可以搶到一些。）他決定走過馬路去了。走了幾步，站定。（不行。不能走進大廈去搶。每一幢大廈都有管理員，萬一給管理員知道我的意圖，事情就麻煩了。剛才，要不是有點急智，能夠那樣輕輕鬆鬆走出來嗎？）掉轉身，回上人行道，再一次背靠店舖的排門，視線落在對街那幢大廈的入口處。（我的膽量未免太小了。報紙上幾乎每天都有電梯搶劫案的新聞刊出，別人可以在電梯中搶劫；我為甚麼不能？）

這時候，一輛汽車驀然在他面前駛過。那是一輛嶄新的「積架」，車廂只有一個人——一個濃妝艷服的中年婦人。（單身女子遲歸的，並非沒有。如果這個女人住在對面那幢大廈裏的話，我就可以下手了。）但是，那輛汽車轉瞬已不見。（站在這裏是沒有用的。事實上，在街邊搶劫危險性比較大，萬一給警察見到，想逃，就有被槍傷的可能，在電梯裏搶劫是不同的，即使傷了人，也不容易查出。）再一次，他朝前走去。

「不許動！」

突如其來的警告，使他吃了一驚。

02

兩個長髮阿飛，不知來自何處，一個站在亞洪右邊；一個站在亞洪左邊。各自拿著刀子，瞪大眼睛。亞洪從未遇到過這種事情，想反擊；但是兩把刀尖指著他的腰眼。（**這是怎麼一回事？這兩個傢伙的眼睛瞎了。**）

「將身上的錢拿出來！」一個阿飛說出這句話時用刀尖在他的腰眼上適度地刺一下。

「沒有錢，」亞洪說。

「快拿出來！不然就刺死你！」另一個阿飛咬牙切齒說。

亞洪將左邊褲袋裏的幾個毫子拿出來，攤在兩個阿飛面前。

一個阿飛右手握著刀子，左手在亞洪掌上打了一拳。那幾枚毫子隨即掉落在地，有一枚滾到相當遠的地方。

「將手錶脫下來！」那阿飛說。

亞洪年紀輕，肝火當然旺盛；不過，在目前這種情形下，必須保持理智的清醒；而理智告訴他，憤怒將招致不堪設想的後果。他知道：他若不能忍耐，那兩個阿飛將刀子刺入他的腰眼，並不是完全不可能的事。

「我沒有手錶！」，他伸出兩條手臂。

兩個阿飛的視線落在亞洪的手腕上，證明亞洪講的是真話。

那個身材較高的阿飛氣得臉色鐵青，舉起刀子，要劈向亞洪的手臂時，亞洪本能地將手臂縮了回去。

「我比你們還窮！」他說。

那個身材較高的阿飛再一次舉起刀子，用刀柄在亞洪頭部重重擊了一下。亞洪沒提防他會這樣做的，眼前一陣昏黑，知覺盡失。……

意識依舊迷糊不清。他見到一對眼睛。這對眼睛在青色的街燈照射下，閃呀閃的，像兩盞小電燈。他有點好奇；但是腦子依舊混亂得很，想不出這對眼睛怎會出現在距離他的眼睛祇有兩三吋之處。（這是怎麼一回事？那兩個阿飛……他們將我擊暈了。……他們還沒有走？……這對眼睛……這對眼睛實在太可怕。……難道我已不在人世？……這是另外一個世界？）然後意識逐漸清醒。他見到一隻黑色的臉。那對可怕的眼睛就生在黑色的臉上。由於一時還找不到問題的解答，他感到不安。這種情緒上的不安使他的心跳加速。（這是甚麼東西？……我的臉頰怎會發癢的？……我沒有死。我一定沒有死。剛才，那阿飛祇是用刀柄在我頭上打了一下。那刀子並沒有插入我的頭部。）想到這裏，頭痛似針刺。（我沒有死。我不會那樣容易死的。）他的意識清醒了。他見到一隻狗。一隻黑色的狗。那隻狗伸長血紅的舌頭，正在舐他的臉頰。

在驚惶中，施個鯉魚打挺之勢，從士敏土的人行道上跳起來。黑狗也吃了一驚，亂吠。亞洪的頭，痛得難忍，好像結疤的傷口又被撕開。四肢痠軟，想坐在人行道上，卻被狗的叫聲嚇得連感受也有點麻痺。那隻狗的牙齒像一排刀。（不能繼續站在這裏。）費了很大的勁，移動腳步。為了避免激怒那隻狗，祇好橫行。（這隻狗真凶。）當他暈倒在人行道上時，那隻狗一點也不凶；現在卻對著他亂吠。

很靜。這座大城市彷彿睡著了。亞洪也需要回去好好睡一覺。那隻狗見他慢慢移動時，竟像一枝箭般竄到他腳邊，咬住他的喇叭褲，往後拖；往後拖，非要咬破他的褲子不可。（真討厭。這隻黑狗真討厭。）他要擺脫狗的糾纏；狗卻死也不肯離去。（怎麼辦？）他想奔跑，沒有氣力。如果他在這個時候奔跑的話，那個狗就有可能咬去他的腿肉。（衣袋裏有一把彈簧刀。不如用刀子將牠刺死。）這思念，有如夏夜的流星，甫現即逝。為了搶別人的手袋，他相信自己會有勇氣用刀子去刺傷一個人，即使不是胸部，也會將刀子插入別人的手臂。現在，這隻黑狗死纏著他不放，他卻不敢將牠殺死了。殺死一隻狗，不會有罪，他卻不敢。他雖然將小刀子拔了出來，祇是彎下腰去，割下褲管上的那塊布，讓那隻狗將那塊布當骨頭去咬。

心很亂。在街角拐彎後，街燈將他的影子壓在前面。他跨前一步；那影子也跨前一步。（這是沒有甚麼可怕的。）如果那街燈將他的影子壓在後邊，那影子將會像追逐中的魔鬼。亞洪身上雖然有刀，依舊怕鬼。當他想起那兩個阿飛時，雞皮疙瘩盡起。

對街有一個老年人在行走。（這老頭子的身上多少總會有點錢，只要將刀子放在他眼前，他就會將錢拿出來。）就在這時候，一串突然響起的犬吠聲使他加快腳步。他奔回家去。

回家後，沖涼，上床。

他做了一場夢，夢見赤裸著身子的冼彩玲。當他意識仍未完全清醒的時候，伸手去摸內褲，以為又遺精了，沒有。（冼彩玲是很美的。星期日要陪冼彩玲到大嶼山去玩一天。大嶼山是好玩的。與冼彩玲在一起更好玩。）

望望窗。玻璃窗上掛滿雨珠。（怪不得這樣悶熱。一定是阿媽將窗子關上的。）他必須打開窗子。當他翻身下床時，他感到一陣暈眩，腿彎發痠，一屁股坐在床沿上。

神志恢復清醒，本能地用手撫摸頭部。（幸虧那阿飛用的是刀柄。他要是用刀子插入我的腦袋，我此刻還會坐在這裏嗎？）站起身。依舊有點頭暈。

打開窗子，雨條劈在他的臉上。應該將窗子關上的，他沒有這樣做。他需要呼吸清新的空氣。（我需要錢。）

掛在椅背上的褲子，割去了一塊，不能再穿。

（皮鞋也需要換一對。星期日，穿著尖頭皮鞋陪冼彩玲到大嶼山去，冼彩玲一定會取笑我的。

我必須買一對方頭皮鞋。）

房門「呀」的一聲啟開。母親走進來了。亞洪轉過臉去看她時，她用圍裙拭乾濕手。

「起身啦？」母親問。

（我必須找到一些錢。沒有錢就無法過日子。現在還有誰穿尖頭皮鞋？）

「昨天晚上，你在夢中狂喊，為甚麼？」母親問。

（星期日早晨要陪冼彩玲到大嶼山去。不能沒有錢。）

「亞洪，你昨晚為甚麼那樣遲才回來？你的褲管怎會割破的？」母親問。

（今天晚上一定要下手。）

「亞洪！」母親發了急，提高嗓子，「我跟你講話，為甚麼不睬我？」

亞洪似夢初醒，閃閃眼睛：「你在講甚麼？」

母親懶得再講，三步兩腳走去關窗，嘴裏咕噥著：「落這樣大的雨，還開窗？」關好窗子，掉轉身，亞洪已不在房內。亞洪走去沖涼房洗臉。

當他洗臉時，頭顱好像給一把利斧劈開了，痛得很。（昨夜那兩個傢伙太不講理，搶不到錢，怎麼可以用刀柄打我？）他絞了一把濕手巾放在頭頂，希望藉此減少一些針刺似的痛楚。（不過，我的運氣還算是好的。那個傢伙要是用刀子插在我的頭上，我這條命豈不送掉了？）望望鏡子裏的自己，臉色蒼白得像搽了一層粉。（今後不能在深夜出街了。如果運氣不好，遇到一個火爆性子的人，即使不死，也會重傷。今後不能在深夜出街。）用手巾在水喉下搓了又搓，洗臉。洗過臉，頭部依舊很痛。（深夜不出街，怎能搶到錢？沒有錢，就不能陪冼彩玲到大嶼山去了。）他將濕手巾放在頭上。（幸虧我還能壓下性子。他們兩個；我一個，認真打起來，絕對不是他們的對手。）

「亞洪！」

亞洪轉過臉去，原來是母親。

「怎麼啦？」母親問，「為甚麼將手巾放在頭上？」

「有點頭痛，」亞洪答。

「睡眠不足，當然要頭痛的。以後晚上少出街！」

「阿媽，」亞洪將頭上的濕手巾拿下來，「我……我要買一對皮鞋。」

「那對皮鞋還沒有破。」

「我知道，」亞洪壓低嗓子，「不過，現在沒有人穿尖頭皮鞋了。」

「我們又不是有錢人，怎能講究這些？」

「給我一點錢，」亞洪說。

母親並不給他答覆，板著面孔走入房內，然後拿了一瓶生油默然走去廚房。亞洪刷牙。當他刷牙時，頭更痛，好像有人用長針在刺他。（必須躺在床上再休息一下。反正外邊在落雨，沒有地方可去，不如在家裏多躺一會。）刷過牙，母親已將粥菜放在桌面。（阿媽真辛苦，日做夜做，像牛像馬，有時候還要挨罵。阿爸的脾氣越來越壞，在麻雀館裏輸了錢回來，總是將阿媽當作出氣筒。其實，阿爸自己的身體也不算好，瘦得祇賸皮包骨，常常動肝火，總有一天病倒。）想到這裏，拉開椅子，坐下吃粥。（不能沒有錢。既然搶不到，就該向阿媽拿。如果阿媽身上沒有餘錢，就叫她去借。阿媽人緣好，有困難，祇要肯開口，別人總會借一些給她。）

吃過粥，將碗筷拿去廚房給母親洗。

「拿三十塊錢給我，」他說。

「三十塊錢？」母親尖聲說，「我連三塊錢也沒有。」

「幫我想想辦法。」

「有甚麼辦法可想？」母親趁此發了幾句牢騷，「你阿爸除了睡覺，就是走去麻雀館打牌，贏了錢，不肯拿一個斗零給我，輸了錢，就將我當作出氣筒。家裏的吃用開銷，全要我一個人去想辦法，你想想，單靠我一雙手來糊紙盒、釘珠袋，有甚麼用？」

亞洪低著頭，不知道應該說些甚麼才好。母親意猶未盡，繼續加上這麼幾句：

「亞洪，你年紀也不小了，既然沒有能力繼續讀書，就該設法找些工作做才對。現在，像你這樣的年輕人，找工作，比過去容易得多，只要打開報紙，甚麼樣的工作都有。」

說到這裏，語調發抖。亞洪斜目對她一望，見她眼圈發紅，唯恐她流淚，只好躡足走回房去。頭很痛。躺在床上休息。望望窗，雨水仍在擊打玻璃。

（那兩個阿飛簡直瞎了眼睛，怎會將我當作打劫的對象？我穿的是尖頭皮鞋，他們應該知道我不是一個有錢人……也許他們根本沒有注意到我的皮鞋。街燈的光線不夠強烈……這件事情，要是給肥勝他們知道了，一定要譏笑我的。不能告訴他們。）望望窗，玻璃窗上掛滿雨珠，白茫茫的，看不清窗外的景物。（現在，身上一個斗零也沒有了，向阿媽拿錢，卻聽了幾句牢騷。）外邊驀地颱起了一陣狂風，玻璃像發抖似的與窗框一再碰擊。（其實，阿媽講的話不是完全沒有道理的，既然不能繼續讀書，就該找工作做。問題是：合適的工作不容易找。再說，我目前需要找一些錢，二三十塊錢是不夠的，最好能夠找到一二百。）望望桌面，見到一包「百萬金」與一盒火柴。他是沒有菸癮的，不過，在廁所裏的時候，或者與女人在一起的時候，或者百無聊賴的時候，或者心煩意亂的時候，總想吸一枝菸。現在，他的心很亂。他翻身下床，走去桌邊，抽出一枝香菸，點上火。這包香菸是父親的。（冼彩玲長得很美，比電影明星更美。她一定有幾個富有的男友。那個挽著她手臂從餐廳走出來的男人，就有一輛汽車。有汽車的人，當然有錢。冼彩玲既然有了這樣的男朋友，為甚麼還走去工廠做工？為甚麼還要約我到大嶼山去？）想呀想的，一連吸了三四口菸，不留神將煙吸入氣管，猛烈咳嗆起來。正在熟睡中的道友超聽到咳嗽聲，轉個身，繼續睡下去。亞洪連忙拿起茶杯，喝口茶，鎮咳，然後吐出一口濃痰。他將長長的菸蒂歡熄後，頭部又像針刺般的痛起來。沒有辦法，只好再一次躺下。（我必須設法找一點錢。）望望掛在椅背上的褲子。褲子裏雖然一個斗零也沒有。依舊放著把彈簧刀。那把彈簧刀是馬騮乾送給他的。（如果馬騮乾還在香港的話，多少總可以向他借一點。他的家境是不錯的，要不然，不會走去美國讀書。）

雨勢轉大了。每一次狂風壓在玻璃窗上，玻璃就會發出與窗框碰擊的聲音。（肥勝也有錢。不過，他是不肯幫朋友忙的。他的錢，祇有花在女人身上，才心甘情願。）頭部痛得厲害，只好走去沖涼房，將濕毛巾敷在頭頂上。（看樣子，除了搶劫，暫時是想不出別的辦法來的。今天晚上，無論怎麼樣總要設法搶到一點錢。星期日要陪冼彩玲到大嶼山去。不能沒有錢。）

回入房內，重新點上那枝未吸完的菸蒂。當他這樣做的時候，有意無意對桌面上的紙盒看了一眼。那紙盒用一張報紙包裹著，報紙上有四個大字立刻引起他的注意。這四個字是：「劫財劫色」。（又是搶劫案。這些日子，香港搶劫案越來越多了。這樁案子更厲害，搶了錢，還要在女人身上占便宜。）亞洪好奇心起，將那隻紙盒拿過來，解開報紙，閱讀新聞的內容。根據報上的記載，事情發生在灣仔區，凌晨三點，一個在夜總會做事的年輕女人，在回家的途中，突遭阿飛截劫，被掠去現款一百餘元，那阿飛持刀威脅，在梯間，用重物將她擊暈。她醒轉時方知已遭姦污，匆匆走去報警。（這簡直是一件難於置信的事情。搶劫案不但每天發生；而且花樣越來越多。昨天晚上，我被兩個阿飛擊暈的事，報紙不會有報導。看樣子，除了報紙上的記載外，一定還有別的搶劫案。問題是：有些事主受到損失後，並不報警。不報警的案子，報紙多數不會報導。）

將紙盒重新包好，繼續吸菸。（那阿飛真大膽，搶了錢，還要強姦那個女人。）這時候，狂風將驟雨吹在玻璃窗上，發出沙啦啦的聲音，彷彿有人在外邊對著窗子撒了一把鐵沙。（別人都有膽量做這種事，我為甚麼不敢做。我的膽量未免太小了。）連吸數口菸，直到香菸燒痛嘴唇時，才將菸蒂擲在菸灰碟中。（今天晚上，無論怎麼樣總要設法搶到一點錢。）

熟睡中的父親，鼾聲似雷。亞洪的心情更加煩亂。他並不討厭鼾聲，卻討厭父親。他的父親是個非常自私的人，賺來的錢全部送去麻雀館；不夠，還要回來向母親拿。母親是很苦的。苦得像耕田的牛，亞洪不喜歡他的父親，因為他的父親太自私。有時候，亞洪不喜歡自己，因為他也自私。不過，對於自己，總會找些理由來寬恕。（阿媽是很苦的。我不應該向她拿錢，增加她的負擔。這個家的負擔相當重。阿爸只知道賭錢。除了打牌賭狗，甚麼都不管。我必須設法幫助阿媽。阿媽叫我去找工作，應該找。問題是：找適當的工作並不容易。我不會打字；也不會速記，當然不能走去寫字樓做工；但是走去菜館做外賣，成天提著鋅鐵籃在街邊走來走去，一個月賺不到兩百塊錢，實在一點意思也沒有。我要幫助阿媽的。不過，在找到工作之前，不能給她甚麼幫助。現在，我需要一點小錢。沒有錢，連出街都成問題。剛才向阿媽拿時，就碰了一個釘子。這怪不得阿媽。石頭榨不出油。她已經夠苦了，我怎麼可以再加重她的負擔？我必須設法找一點錢。別人都在搶，我為甚麼不能。今天晚上……）望望熟睡中的父親，鼾聲更響。亞洪見他睡得像隻豬，說不出多麼憎嫌。（其實，問題都出在他身上。他要是不賭錢的話，大家就不會這樣辛苦了。）外邊的雨越落越大。亞洪討厭落雨天，尤其心情不好的時候。此刻，他的心情煩亂到極點，討厭父親；討厭雨，甚至有點討厭自己。（今天晚上，一定要設法搶到一些錢。）頭痛似針刺，痛得難忍。他疾步走去廚房找母親。

「拿一塊錢給我，」他說。

「為甚麼？」母親問。

「到樓下藥房去買止痛丸。」

「止痛丸？」

「頭很痛，必須吃一兩粒止痛丸。」

母親拿了一塊錢給他。

穿上那條褲管已破的褲子，走出大門。頭很痛。（不知道需要不需要看一次醫生？昨天晚上那個阿飛在我頭上那一擊，相當重，雖沒有流血；可能已受傷，要不然，怎會痛成這個樣子？）站在電梯口，等電梯時，將右手放在頭上。（看一次醫生，少說也要十幾塊錢，就算阿媽有，也不會拿給我。家裏的開銷這樣大，哪裏還有餘錢給我去看醫生？）

電梯門啟開。

裏邊祇有一個婦人。這婦人身材矮小，三十多歲，抱著一個女孩。

亞洪走進電梯後，心就卜通卜通加速跳躍。

他見到那婦人的手臂掛著一隻手袋。

那是一隻白色的手袋，式樣新，質地也不壞。（手袋裏邊不會沒有錢。）這婦人身上穿的雨衣，不像是個有錢人，但打扮得相當整潔。看樣子，抱著孩子到親戚或朋友家裏去走動一下。（這是一個好機會。電梯裏只有我與她兩個。那女孩只有兩三歲，完全不成問題。）亞洪的右手自然而然地插入口袋。手掌在出汗。

拿出彈簧刀時，那女孩忽然對他露了一個笑容。這女孩的笑容非常可愛。

那婦人見女兒對亞洪發笑，就尖著嗓子對女兒說：

「叫哥哥！」

那女孩很聽母親的話，居然對亞洪叫了一聲哥哥。

亞洪只好也露了一個笑容，雖然右手依舊握著那把刀。（這個女孩真可愛。）然後他的視線又落在婦人挽著那隻白手袋上。（我需要錢。這是一個好機會，只要用刀子威脅她，一定可以搶到那隻手袋。）就在這時候，那女孩又叫了他一聲：「哥哥！」（不行。我不能在這裏搶。我住在這幢大廈裏；她也住在這幢大廈裏，她可能認識我。我要是將她的手袋搶走了，她一定會報警的。到那時，除非永遠不回家，否則就會被差人抓去坐監。）

將彈簧刀塞入褲袋。

那女孩又笑了，笑得非常可愛。亞洪為了掩飾心情上的狼狽，搭訕著問：

「叫甚麼名字？」

「她叫咪咪，」婦人說。

亞洪用食指在孩子鼻尖輕輕點了兩下：

「咪咪，你好嗎？」

那咪咪將嘴巴張得大大的，格格作笑。婦人佯嗔薄怒地對孩子說：

「哥哥喜歡你，你就癲成這個樣子了？」

電梯在三樓停了一下，走進兩個男人。那兩個男人進入電梯，見到咪咪，就大聲嚷起來：

「咪咪！又要出街了！到甚麼地方去？」

咪咪再一次張大嘴巴，格格作笑。那婦人搭訕著對那個男人說：

「咪咪要到婆婆家裏去！」

「落這樣大的雨，還要到婆婆家去？」

「婆婆身體不舒服。」那婦人說。

電梯到了下面，婦人抱著咪咪首先走出，兩個男人跟在後邊。那婦人身材雖然矮小，屁股卻大；走路時，一扭一扭，引得兩個男人縱聲大笑。那婦人繼續朝前走去，頭也不回，幾乎將兩個男人的笑聲當作讚美了。亞洪走出大廈，見婦人拖著孩子進入計程車的車廂。（她的手袋裏不會沒有錢。不過，在自己居住的大廈裏搶東西，當然是不聰明的。剛才，要是在別的大廈裏，說不定已將那隻手袋搶過來了。）想到這裏，頭又痛了起來。

街口有一家藥房。亞洪走去買了兩粒止痛丸，疾步回入大廈。

幾個人站在那裏等電梯，有男有女；有老有小，有的拿著雨傘；有的穿著雨衣。亞洪急於上樓吃止痛丸，見電梯久久不下，有點焦躁不安。（如果止痛丸無效的話，今晚就不能出去搶了。）

進入電梯。沒有風扇。有人用手指撳電鈕。撳了幾下，風扇依舊不轉。一個小童說：「風扇壞了。」亞洪覺得很悶，連呼吸都感到困難。外邊在落雨，氣候不算太熱。如果電梯裏不是擠著那麼多的人，即使沒有風扇，也不至於悶得連氣也透不轉。

回到家裏，吃下兩粒止痛丸，躺在床上。（止痛丸不知有效不？要是沒有效用的話，今晚怎麼能夠走出去搶？）望望天花板，然後又望望牆角。那牆角有一個大蛛網，是他一直沒有注意到的東西。（蜘蛛雖然討厭；卻十分辛勤。牠若不這樣辛勤的話，就無法生存了……）

想呀想的，意識迷糊。

他做了一場夢。

在夢中，他走進一架電梯。

在這架電梯中，除了他，還有一個婦人。

那婦人生得又矮又胖，四十幾歲，穿著黑色衫褲，手裏挽著一隻大手袋。

電梯上升。

亞洪咬咬牙，從褲袋裏掏出彈簧刀，「得」的一聲，亮晃晃的刀子就彈了出來。

將刀尖刺在婦人胸口。

婦人圓睜雙目，嚇得面青唇白。她知道亞洪想要的是甚麼，將手袋放在腋下，用手臂緊緊挾住。

「手袋！」亞洪說，「將手袋交給我！」

婦人依舊用手臂緊緊挾住手袋，不肯將手袋交給亞洪。

亞洪加重語氣說：「你要是不肯交出手袋，我就一刀將你刺死！」

婦人一睜大一對受驚的眼，搖搖頭，不肯交出手袋。在這種情形下，亞洪只好用暴力去對付婦人了，不過，在動用暴力之前，亞洪願意再給她一個機會。

「要命?還是要手袋?」他問。

婦人依舊用手臂緊緊挾住手袋。從這個動作中，亞洪知道她選擇後者。

於是亞洪用刀子刺入她的胸口。

婦人大叫一聲，暈倒在地。刀子插入胸脯，有鮮血湧出。縱然受了傷，仍用手臂緊緊挾住那隻手袋。

亞洪將手袋拿了過來。

打開手袋，裏面有幾千塊錢現鈔。亞洪見到現鈔，說不出多麼的歡喜。有了這幾千塊錢，不但有足夠的錢陪冼彩玲到大嶼山去，還可以買一對方頭皮鞋、買高領襯衣、買西裝，以及其他所需要的東西。……

電梯裏的電燈忽然熄滅。

一片漆黑，伸手不見五指。

起先，他不知道這是怎麼一回事。後來，才知道停電了。電梯停在那裏，不上不落。事情竟是如此的湊巧。就在這最緊張的時刻，電力供應驀然中斷。

電梯門緊閉著，怎樣用力去扳；無法扳開。

在黑暗中，憂心似焚，想不出有甚麼辦法可以解決目前之困難。

取出口袋裏的那盒火柴，劃燃一枝，照亮電梯裏的電鈕板，希望藉此按到解決困難的辦法。他的希望落了空。

當他用手指去撳那枚刻著 OPEN DOOR 的電鈕時，兩扇門依舊緊閉著全無反應。

如果電梯門不能啟開的話，除了等待，沒有第二個辦法。

在等待的時候，他的腦子裏充滿許多可怕的猜想。他已將那個婦人刺傷。那把彈簧刀還插在她的胸口。萬一停電的時間太長，那婦人就有極大的可能因傷重而死亡。如果事情當真有這樣的發展，他就是一個殺人凶手了。他知道殺人犯被抓去後將會受到甚麼樣的處分。

再一次，劃亮一根火柴。

憑藉火柴那一點光亮，他發現婦人的臉色蒼白得像紙。

眼睛一眨不眨地望著那婦人，見到那蒼白的臉孔；見到那把插在胸口的刀子，恐慌得渾身發抖，連手上拿著一枝正在燃燒中的火柴也忘了。當火柴燒痛他的手指時，才慌慌張張將火柴擲在地上，火柴熄滅後，電梯裏一片漆黑。他很恐慌，唯恐那婦人死去後使他變成一個殺人犯。站在黑暗中，他腦子裏充滿許多可怕的猜想；這些可怕的猜想使他感到極大的困擾。

再一次劃亮火柴，那婦人的臉色更加難看。

伸出手去往婦人額角一按，那額角是冰涼的。

心似打鼓，情緒緊張到極點。那婦人已死去，後果不堪設想。

電燈亮了。

電梯繼續上升。亞洪不知道應該做些甚麼好，望望那個死去了的婦人，嚇得發抖。

電梯在十八樓停了。兩扇門啟開時，亞洪像枝箭般衝出去。門外站著兩個男人，恰好擋住他的去路，被他用力推開。

當他疾步朝太平梯奔去時，亞洪聽到有人吶喊。雖然聽不清那人在喊些甚麼，也知道這是怎麼一回事。

唯恐被人追到，亞洪將兩條大腿搬得像旋轉中的車輪一般。只要不在這個時候被人抓到，就不會有人知道他已殺死一個女人。

太平梯是螺旋形的。從十八樓走下來，走得太快，不免感到頭暈。不過，這是逃命的時候，必須緊緊抓住這個機會，不能浪費一分一秒。

六樓、五樓、四樓、三樓、二樓，亞洪以為已脫離險境，但是剛走到地下，就發現幾個警察站在那裏等他了。他看出形勢不妙，忙不迭掉轉身，疾步奔上去，奔到三樓，終被警察們抓住。

……

他做了這樣一場夢。

過度的驚惶，使他一時連現實與夢境也分不清。雖已醒轉，依舊不能用理智去克服內心的恐懼。

當他見到雨條仍在擊打玻璃窗時，他知道他已回到現實。（原來做了一場夢。）用手揉亮眼睛，窗外依舊有雨。（不錯，我已清醒。）睜大眼睛望著屋角的蛛網，驚悸的心情慢慢平息。（幸虧這是一場夢，要不然，問題就嚴重。殺人必須償命，既被警方抓到，當然要受審。）父親翻了一個身，將亞洪的注意力吸引過去。他不喜歡父親。（受審？既已殺了人，就會被判死刑。）亞洪打了個寒噤，用手在額角上摸了一下，全是汗水。（氣候不算太熱，不應該流這麼多的汗。不過，剛才那場夢實在太可怕了。搶手袋的目的是錢，絕對不能殺人。殺了人，問題就嚴重。）想到這裏，一骨碌翻身下床，走去沖涼房洗臉。這樣做，主要的目的是：藉此消除腦子裏那些可怕的思念。（頭已不痛。那止痛丸的確有效，今天晚上，就可以拿著刀子去搶錢了。）將手巾掛好後，仔細端詳鏡子裏的自己。他的臉色相當難看。（不行，不能拿著刀子去搶，如果一時忍不住的話，將刀子刺死別人，那就麻煩了。）回入房內，從父親的那包菸裏抽出一枝。點上火，噓噓地吐著青煙。

百無聊賴，很想出街去走走。不過，身上沒有錢，出街就一點意思也沒有了。

（今晚一定要搶到一些錢。別人可以搶，我為甚麼不可以？）吸口菸，將青色的煙靄朝玻璃窗噴去。（不帶刀，怎能搶到手袋？刀子是一定要帶的，要不然，別人就不會害怕。別人不害怕，當然不會將手袋交出。）

兩種不同的思念，在他腦子裏進入交戰狀態。他不能作一個決定。剛才那場夢實在太可怕了。（殺人要償命。但是，不帶刀，就搶不到錢。）

心煩意亂，不知道應該怎樣做才好。

03

吃中飯的時候，道友超嘩啦嘩啦講述昨天在麻雀館拿到的一副牌。道友超講得興高彩烈，亞洪聽得連飯也吃不下。（真討厭！除了打牌賭狗，再也不做別的事情。）但是，道友超越講越起勁：「……我拿的是清一色，叫一四七索，對家打出一索，竟被上家單吊一索截餬了！這是甚麼麻雀？我打了這麼多年牌，就沒有遇到過這種事情。我叫一四七索，清一色，居然被上家截糊了！上家是單吊一索！你說，這樣的牌要不要氣死人？」亞洪的母親低著頭吃飯，悶聲不響，將丈夫的話當作耳邊風，聽過就算。道友超意猶未盡，繼續嘮嘮叨叨講下去：「那上家的牌不可能打得這麼好。除非是老千，要不然，怎會知道我要一索？」（真討厭，講來講去，這幾句！）亞洪憤然將筷子往桌面一放，站起身，朝房門口走去。「亞洪！」母親放開嗓子喚叫。

亞洪站定，背對母親，等待母親講下去。

「你……你只吃半碗飯，」母親說。

亞洪伸出手去，扭轉房門的門柄，將房門拉開。母親再一次放開嗓子問：

「外邊正在落大雨，為甚麼還要出街？」

亞洪只裝沒有聽到母親的話，拉開房門，疾步朝外急走。當他站在電梯口等電梯時，又想起剛才做過的那場噩夢。（太可怕了。剛才那場夢實在太可怕了。為了那隻手袋，竟將那個婦人殺死，實在太可怕了。）電梯門啟開，裏邊有兩個女孩子，一個七八歲，一個十二三歲，亞洪望望這兩個女孩子，想起夢中的那個婦人，不寒而慄。（這電梯，與我在夢中見到的那一架幾乎完全一樣。幸虧剛才做的是夢，要不然，事情就非常可怕。）電梯門再一次啟開，一個穿著粉紅色雨衣的女人走進來。這個女人身上搽得香噴噴的，手裏拿著一隻手袋。亞洪見到那隻手袋，彷彿見到毒蛇似的，心就卜通卜通跳起來。

這個女人很美。（比冼彩玲還美。）她的皮膚，白得像羊脂一般。（我從來沒有見過這樣白嫩的皮膚。）那對大眼睛，水汪汪的，說不出多麼的美妙。（這對眼睛美到極點。）亞洪不再注意她手臂上挽著那隻手袋了，將視線落在女人的臉上，完全忘記這樣怔怔地望著那女人，不但不禮貌；而且會使女人窘迫。（真美。我沒有見過這樣美麗的女人。）

電梯到了地下，門啟開，亞洪跟著那個女人走出大廈。（身材真好，不高，不矮；不肥，不瘦。）女人走出大廈後，站在人行道上截計程車。（她到甚麼地方去？赴男朋友的約會？她的男朋友一定是個快樂的男人。）計程車來了。她揮手截停，拉開車門，以極其敏捷的動作進入車廂。亞洪站在人行道上，望著那輛計程車隱入雨簾。（這個女人真美。）亞洪聳聳肩，雙手插入衣袋，漫無目的地朝前走去。他的右手再一次握緊彈簧刀。（美麗的女人到處都有。剛才那個女人比洗彩玲美得多。我為甚麼為了洗彩玲去拚命？）走到一家夜總會門前站定。他無意走進夜總會去，只想看看那塊放在夜總會門口的廣告牌。這塊廣告牌上面，有一幀歌星的照片。（這個女人也很美。）他又想起剛才做過的那場噩夢。（實在太可怕了。殺人要償命。這不是鬧著玩的事情。我沒有理由為了洗彩玲去拚命。要是實在找不到錢的話，星期日就不要陪洗彩玲到大嶼山去了。洗彩玲雖然長得美；但是比她更美的女人也不少。再說，洗彩玲還有別的男朋友。即使我搶到錢，她也不會全心全意對待我。……還是打消搶錢的念頭吧。這是非常可怕的事，萬一沉不住氣，問題就嚴重。等一下，打電話給洗彩玲，說是身體不舒服。星期日不能陪她到大嶼山去。）亞洪仔細端詳廣告牌上那幀歌星的照片。（真美，這個女人長得真美。我要是有錢的話，一定走來這家夜總會聽歌。這個地方，最重要的還是金錢。有了錢，找女人容易得很。）

雨勢轉弱。亞洪百無聊賴朝前走去，腦子裏充滿混亂的思念，雨水淋在頭上，全不覺得。（不。不能拒絕洗彩玲的邀約。如果這一次不陪她到大嶼山去，下次打電話給她，一定不會理睬我了。不能這樣做，我必須設法找一點錢來。）繼續朝前走去時，踢到一樣東西，以為是石子，定睛一瞧，竟是一個小銀包。（一定是粗心人掉落在地上的。）亞洪的情緒頓時緊張起來，東張張，西望望，彷彿做賊似的，唯恐被別人見到。人行道上來來往往的人相當多，不便將它拾起，只好用腳底踏在上面。（這小銀包裏像有不少毫子。）稍過片刻，來往的人少了。亞洪以極其敏捷的手法將小銀包拾起，往褲袋裏一塞。然後朝前走去，走了一陣，拉開小銀包的拉鏈，點數一下，裏邊居然有七個一元的鎳幣，兩個五毫與七八個一毫。這雖然是個小數目，對亞洪來說，倒也不無小補。

走進涼茶舖，喝一杯蔗汁。涼茶舖裝有電視機，此刻正在播放粵語長片。是任劍輝與白雪仙主演的片子。（很久沒有看到任劍輝主演的片子了。這是舊片。粵語片很少有新片上映。陳寶珠與蕭芳芳都到美國去了。任劍輝還是有叫座力的。她要是肯登台的話，一定叫座。）亞洪喝完一杯蔗汁，繼續坐在狹小的卡位裏，並非想看粵語長片，只是沒有一定的去處。（如果剛才拾到的不是小銀包；而是大皮夾的話，那就好了。這種事情並非完全不可能。前些日子，火氣強在渡海小輪碼頭拾到一隻皮夾，裏邊有六十幾元美金。火氣強的運氣很好，能夠拾到這麼多的錢。我要是能夠拾到六十幾元美金的話，問題就可以解決了。）越想越心煩，站起身，走出涼茶舖。雨已停。亞洪不想回家；只好朝前走去。走了一陣，實在無聊，索性走去搭乘電車。（我必須找到一些錢。今天晚上不如到銅鑼灣去試試運氣。銅鑼灣新樓多，許多搶劫案都在那裏發生。看樣子，在銅鑼灣搶手袋的機會也許會多些。）

坐在靠窗的位子，對著街景凝思。雖然視線落在街景上，卻沒有留下深刻的印象，理由有二：一、那些街景太熟悉了。二、他在想著別的事情。他想起了那則劫財劫色的新聞。（其實，那人這樣做法實在是相當愚蠢的。既然搶到了錢，何必強姦她？）電車駛抵銅鑼灣，亞洪睜大眼睛凝視那些高樓大廈。（那是一個新興的住宅區。住客都是富有的。這地方常有搶劫事件發生。聽說這裏有祕密賭檔，進進出出的人，身上一定攜帶較多的現錢。今天晚上，應該到這裏來碰碰運氣。）電車在十字路口停了相當長的時間，一部分搭客不耐煩了。有人說是前邊發生車禍；也有人說是交通阻塞，但是售票員從司機處得來的消息：前邊的交通燈壞了。交通燈一壞，交通就失去應有的規律。這一區的交通情況，因為來往的車輛太多，即使交通燈不壞，也相當成問題。如今，交通燈忽然失靈，單靠幾個交通警察指揮，當然不若交通燈那樣科學化了。（太多的車輛。那些坐在私家車裏的人都是有錢的。香港有太多的私家車。香港有太多的有錢人。）想到這裏，電車開動了。別的車輛開動了。（在這個地方做人，必須有錢，沒有錢，甚麼事情都辦不了。）車廂裏的乘客越來越多。有些搭客占不到座位，只好站在那裏。站在亞洪旁邊的，是一個胖婦人。這個胖婦人手臂上挽著一隻白手袋。亞洪的視線落在那隻手袋上時，心跳加速。（其實，這種情緒上的緊張全無必要。即使手袋裏裝著成千成萬的鈔票，我也不能在電車裏將它搶過來。）縱然如此，亞洪依舊呆呆地凝視著那隻手袋。（今天晚上，走去銅鑼灣碰碰運氣。只要在電梯裏遇到這樣一個女人，問題就解決了。）電車駛抵修頓球場，胖婦人下車。

無所事事的亞洪，有太多的時間需要殺戮。在雪廠街口下車後，穿過太子行，走入渡海小輪碼頭。這樣做，除了殺戮時間，並無別的意義。

行人隧道擠滿疾步而來的人和擠滿疾步而去的人。（每一個人都好像有許多重要的事情趕著要做。香港人就是這樣的。不管有事無事，總會裝作很忙碌的樣子。）亞洪的腳步自然而然加快了，因為別人的腳步都相當快。走進碼頭，見到許多挽著手袋的女人。亞洪抵受不了手袋的引誘。（有些手袋裏可能裝著很多值錢的東西，有些手袋裏可能只有幾毫子。有些女人穿得很摩登，手袋裏可能只有幾毫子，有些女人穿得土裏土氣，手袋裏可能裝著成千成萬的鈔票。每一隻手袋等於一個謎，除非將手袋搶過來；否則就無法揭穿謎底。不過，這不是搶手袋的地方。這是欣賞手袋的地方。）走上渡輪，坐定。他見到一隻鱷魚皮手袋。（不知道是真的；還是假的？聽說，有些冒充鱷魚皮的手袋做得很好，幾可亂真。但不知這一隻手袋究竟是真的；還是假的？）為了尋求問題的答案，他必須仔細看看這隻手袋的主人了。那是一個濃裝艷服的女人，年紀很輕，有一對好像會說話的大眼睛。（很面熟。不知道在甚麼地方見過。）這女人坐在斜對面，手裏挽的鱷魚皮手袋相當新。（我想起來了。她是一個電影明星。剛紮起的新星。曾經擔任過一部武俠片的女主角，祇是記不起她叫甚麼名字了。）亞洪貪婪地望著那女人，彷彿看電影似的，將注意力集中在她一個人的身上。（那部電影，我是看過的。她演得不錯。但是，我怎會連她的名字也記不起來了？）她打開手袋，取出粉盒，對著粉盒上的小鏡，用粉撲加些粉在鼻梁上。（不知道她的手袋裏有多少錢？她既是一個電影明星，一定會攜帶相當多的錢。）她將手袋關上。

（那隻手袋不一定是真鱷魚皮的。現在的女明星與過去的女明星不同。過去的女明星，拍一部電影，可以拿到五六萬塊錢片酬，現在的女明星，即使紅得發紫，每個月也不過兩三百塊錢薪水。）那女明星再一次打開手袋，掏出一隻金質的菸盒，用極其美妙的姿態點上一枝菸。（女明星就是這樣的，即使在現實生活中也喜歡演戲。此刻，雖然坐在渡輪上，仍有觀眾在凝視她。）亞洪也想吸菸了，探手衣袋，身上沒有菸。（那隻手袋未必是假的。單看那隻金質的菸盒，就可以知道她的經濟情況並不太差。一個女人做了明星後，總不會沒有辦法。儘管每個月的薪水少得祇夠縫一件旗袍，她們一樣有洋房住，有汽車坐。）望望那個正在吸菸的女明星，覺得她具有一種特殊的魅力。（女明星畢竟是女明星。這麼多人在吸菸，就算她的姿勢最美。）正這樣想時，那女明星將長長菸蒂子往地板上一擲，由鞋底踏熄。（才吸了幾口，就將菸蒂擲在地上。也許就是所謂派頭女明星的派頭。）亞洪一直在注意那個女明星，視線像探照燈似的照著她。（毫無疑問，她美得令人蝕骨銷魂。不過，那是一種人工美，如果不搽脂粉的話，她仍能保持這種美嗎？）

渡輪靠岸。照例有幾個性急的搭客站起，走去等水手放下跳板，有意搶先走出碼頭。那女明星也站了起來，婀婀娜娜朝跳板走去。（她走路時的姿勢也很美，一定受過訓練。）亞洪隨即站起，走到她身邊。（很香。她搽的那種香水很香。聽說，有些香水要賣幾百元一瓶。）亞洪望望那隻手袋。（不是假的。這隻手袋不會是假的。一個做明星的人，尤其是女明星，在家裏天天吃鹹魚豆腐，不成問題，走到外邊來，絕對不能太寒酸。這手袋一定不是假的，別說手袋，就是香水，也不能用價錢太便宜的那一種。）跳板放下，搭客們有如潮水般湧出碼頭。亞洪一直尾隨著女明星走出碼頭，女明星朝計程車停車處走去。

亞洪是不大過海的。此刻也不知道為甚麼過海。不過，既已到了九龍，就得找個地方去走走。他向小店買了一包香菸，然後朝海運大廈走去。雨已停，有點悶熱，進入海運大廈後，立刻產生一種舒適的感覺。這地方有冷氣設備。

雖然不想買甚麼東西，櫥窗裏的陳設還是值得參觀的。當他見到櫥窗裏陳列著的方頭皮鞋時，情緒頓時緊張起來。（今天晚上，一定要搶到一些錢。）當他見到櫥窗裏陳列著的糖果與西餅時，心就卜通卜通跳了起來。（今天晚上，一定要搶到一些錢。）當他見到櫥窗裏陳列著的名貴手錶時，心就卜通卜通跳了起來。（今天晚上，一定要搶到一些錢。）當他經過海天夜總會時，情緒更加興奮。（搶到錢後，帶洗彩玲到這裏來吃頓晚飯。）然後走去美心餐廳，坐下，他身上還有幾塊錢，喝杯奶茶，不成問題。雖然窮，卻不願意將痛苦當作朱古力來咀嚼。（這是室內的餐廳，布置得像街頭咖啡館。）事實上，坐在那裏喝茶的亞洪，就產生了坐在街邊的感覺。從他面前經過的行人，很多。當他喝茶時，他看到許多女人，同時也看到許多女人手裏拿著的手袋。（只要搶到一隻手袋，問題就可以解決了。）他點上一枝香菸。（應該帶洗彩玲到這裏來喝茶。她一定會喜歡這地方的。）亞洪一連吸了幾口菸，昂起頭，將青色的煙靄往上噴去。（不知道冼彩玲在做些甚麼？在工廠裏做工？不一定。她是一個很喜歡玩的人，而且有許多男朋友。那些男朋友一定會約她到別處去玩的，如果我有錢的話；隨時都可以約她出來玩。但是，我沒有錢，連請她吃頓飯的錢也沒有。即使她肯陪我去看電影或上館子，我也不能約她出來。錢，錢，錢。這地方最重要的東西就是錢。今日晚上，無論如何要設法搶到一隻手袋。這不是十分困難的事，為甚麼總沒有勇氣去做？）

04

坐在這室內的「街邊餐廳」喝茶，實在是一種很好的享受。這種享受，有點像看戲；卻比看戲更有趣。坐在戲院裏看戲，看到的，是戲。坐在這地方看戲，看到的，是現實中的戲。

亞洪並無看戲的心情。他所注意的，祇是每一個女人手裏拿著的手袋。說得更正確些：他所注意的：只是每一個女人拿著的手袋裏的錢（每一隻手袋是個謎。除非打開手袋；否則就找不到謎底。那個貴婦人手中拿著的鱷魚皮手袋裏，可能只有一些名貴的化妝品。那個穿藍布衫褲婦人手中拿著的膠質手袋裏，可能放著幾千元鈔票。每一隻手袋是一個謎。）舉起茶杯。呷一口奶茶。（昨晚那兩個阿飛可說是窮極無聊了。可搶的對象那麼多，不去搶，偏偏走來搶我這個窮光蛋。他們的運氣也真壞。平時，我袋裏總有幾塊錢的，昨晚特別窮，只有幾毫子。）一連吸了幾口菸，吐出一大堆煙藹。（其實，說他們運氣壞，是不對的，運氣壞的是我。雖然在錢財上沒有甚麼損失；卻被他們在頭上重重擊了一下。）想到這裏不自覺地用手去撫摸頭頂。（止痛丸真有效。現在一點也不痛了。看樣子，不會有甚麼問題了。其實，說是運氣壞，還算相當幸運。昨天晚上，那兩個阿飛要是野蠻些，用刀子插入我的腦袋，此刻我還會在這裏喝茶嗎？這些日子，搶錢殺人的事，並非沒有。再說，昨夜那個地方很靜，即使我被殺死了，這件事可能要到天亮後才會被人發現。到那時，我的屍體可能有一半已經被幾隻野狗吃掉。）越想越可怕，手也有點發抖。（這是件多麼可怕的事情。刀子從頭頂插下去，插入腦袋，死了，還被野狗們將屍體咬得稀爛。）忽然想嘔吐了，連忙舉起茶杯呷了一口。這時候，有個打扮得花黎胡哨的中年婦人從他面前走過。這個女人拿著一隻大手袋，式樣相當別致，不是常常可以見到的。（這隻手袋裏可能有許多錢。）他吸了一口菸後，將菸蒂撳熄在煙灰碟裏。

（不能殺人。絕對不能殺人。為了搶別人的手袋殺人，是不對的。）這時，有一對年輕男女從他面前走過。女的打扮得很時髦。男的穿著筆挺的西裝。（這套西裝的料子，顏色與縫工都很好。女人就喜歡與穿這種西裝的男人在一起。我沒有這種西裝，所以沒有要好的女朋友。冼彩玲是相當喜歡我的。我沒有筆挺的西裝。我沒有錢。冼彩玲不肯常常跟我在一起。）他又點上一枝菸。其實，他是沒有菸癮的。這樣接一連二的吸著香菸，祇是擺架子。他身上的衣服很舊了，而且還穿著一雙過時的尖頭皮鞋，坐在這室內的「街邊餐廳」裏，不多吸幾枝菸，一定會被人看不起。（這是有錢人的天堂；也是窮光蛋的地獄。如果我是一個有錢的人，就可以在這裏生活得像神仙；但是現在……）有一對中年夫婦帶著兩個孩子匆匆走過來，站在亞洪旁邊。亞洪不知道他們為甚麼這樣做。

中年婦人說：「我們不如等這隻枱子嗎？」

中年男子說：「人家還沒有埋單。」

中年婦女說：「你看，茶杯裏的茶已喝乾，不會坐得太久。」

他們的談話聲雖低，亞洪也明白他們的意思。睜大眼睛對周圍掃了一圈，一點也不錯，這室內的「街邊餐廳」生意真好，每一張桌子都被食客占據了。（我應該吩咐伙計埋單。）吸了一口菸，望望那對中年夫婦。那婦人的視線一直落在他的空茶杯上，那種過分焦急的神態引起亞洪的反感。（這婦人的嘴臉真難看。她既然瞧不起我；我何必埋單。這地方並不規定坐多久的，只要不喝霸王茶，我願意坐多久，就坐多久）想到這裏，故意轉換一個坐姿，裝出十分悠閒的模樣，慢條斯理地吸菸吐煙。（這婦人一定很焦急了。她以為喝一杯奶茶的人不應該坐得這麼久。我偏要坐下去，看他們在我旁邊站多久。）亞洪就是這樣自卑的。那婦人未必瞧不起他，他卻自卑得這個樣子。

（必須設法找一些錢來。不能再向阿媽拿了。阿媽太辛苦。）那對中年夫婦依舊帶著他們的孩子站在旁邊，引起亞洪的憎厭。亞洪繼續吸菸，思索自己的問題。（找工作雖然並不十分困難；但是薪水高的工作，我不會做，我會做的工作，薪水太低。我讀書不多，又無做事經驗，想找薪水高的工作，絕無可能。如果我有本錢的話，就可以設法做些生意。問題是：除了一把彈簧刀之外，再也沒有別的東西。）乜斜著眼珠子一望，那對中年夫婦依舊很有耐性地站在那裏。失去耐性的是他們的兒子。

「阿媽，我們到別處去等吧，」孩子說。

「不要多口！」中年婦人說。

「阿媽，我要吃雪糕，」另一個孩子說。

中年婦人故意加重語氣說：「等這位先生埋單後，阿媽叫伙計拿一杯大雪糕給你吃。」

「阿媽，我也要！」

「好的，你也一杯。」

亞洪聽了這話，想笑；但是極力忍住不讓自己笑出來。（這婦人明顯地在催我埋單了。我偏不埋單，看她還有甚麼花樣拿出來。）慢條斯理地將香菸湊在嘴上，深吸一口，吐出一條青色的煙龍。（想找錢，最容易的辦法還是拿了鋒利的刀子去搶。搶到幾千元，許多問題都可以解決。）望望站在旁邊的那婦人。那婦人皺緊眉頭，臉上的表情難看得像坐在馬桶上的便祕症患者。（搶錢是可以的。不過，絕對不能殺人。用刀子去威脅別人，不能用刀子將別人殺死。）想到這裏，忍不住望望那中年婦人手臂上挽著的手袋。（那是一隻白色的手袋，很普通，不會裝著太多的錢。……不一定。手袋雖普通，也許會裝著相當多的錢。如果在電梯裏單獨遇到這個女人，不能不下手。）這時，鄰桌的食客吩咐伙計埋單。那對中年夫婦連忙帶著兩個孩子走去鄰桌等。

婦人坐定後，轉過臉來，臉上擺出「喝一杯茶居然坐那麼久」的表情。亞洪明白她的意思，牽牽嘴角，露出一個笑容。這笑容比哭還難看。（狗眼看人低。這個婦人有一對狗眼。這個婦人真討厭。）這個婦人用鄙夷不屑的目光凝視亞洪的皮鞋。（現在，很少人穿尖頭皮鞋了。有些尖頭皮鞋在百貨商店削價出售。原價一百四十五元的，現在只售五元。縱然如此，還是沒有人買。沒有人肯付出五塊錢買一對原價一百四十五元的皮鞋。人的心理就是這樣古怪的。過些日子說不定又會流行尖頭皮鞋。到那時，原價一百四十五元的方頭皮鞋，即使減為每對五元，也不會有人要。）亞洪必須埋單了，因為這個婦人依舊睜大眼睛凝視他的皮鞋。亞洪很自卑，兩隻腳好像沒有地方放。

埋過單，站起身，對這個婦人扮了一個鬼臉。婦人很生氣，嗤鼻哼了一聲。

走出海運大廈，亞洪站在碼頭附近，惘惘然莫知所從。這裏有太多的巴士。巴士噴出來的廢氣很難聞。望望火車站，心裏又難過起來了。（如果身上有較多的錢，我就搭火車到沙田去。上一次，跟肥勝他們到沙田去扒艇仔。扒過艇仔，還在西林寺打麻雀。我贏了二十幾塊錢。那一天，玩得很開心。）百無聊賴，拖著沉甸甸的腳步朝前走去。因為沒有一定的去處，走進保齡球場。亞洪喜歡打保齡球。亞洪沒有錢的時候，喜歡看別人打保齡球；尤其喜歡看女人打保齡球。

有兩個女人在打保齡球。這是值得參觀的。亞洪拉開椅子，坐下。（那個女人的屁股像保齡球一樣，又圓又大。當她擲出保齡球時，屁股扭呀扭的，極具誘惑力。可惜這個女人容顏太醜，要不然，一定會有許多人走來看她打保齡球。）亞洪點上一枝菸，一邊吸菸；一邊睜大眼睛望著兩個女人，將她們的身體當作藝術品來欣賞。

另一個人很瘦。兩條手臂瘦得像竹竿。當她擲出保齡球時，身子搖來晃去，彷彿那隻保齡球比她的身子還重似的。（這個女人，瘦成這個樣子，居然走來打保齡。）

他見到兩隻手袋。兩隻白色的手袋。那瘦女人走去啟開手袋，從手袋中取出手帕。就在這一剎那間，亞洪的感受突呈痲痺。（這麼多的鈔票！除了一大堆拾元的鈔票外，還有不少「紅底」與「大牛」。這個女人怎會攜帶這麼多的錢走來打保齡的？剛從「大檔」贏了錢出來？還是打算玩過保齡球之後走去「大檔」試試賭運？）瘦女人將手帕在鼻尖上印了幾下，然後將手帕放在桌面上，用手袋一壓。（手袋裏至少放著五千元！五千元，不能算是一個小數目。要是能夠將這隻手袋搶過來的話，所有的問題都解決了。）當他吸菸時，他的手指在發抖。（但是，在這裏怎麼可以搶手袋？這裏有太多的人，即使將手袋搶到，也逃不出去。）他的情緒越來越緊張，眼望那隻手袋，心跳加速，臉上的表情很嚴肅，其實是沒有表情。（在這裏，搶手袋是不行的。除非趁兩個女人不注意的時候去偷。）那瘦女人的腕力實在太差，剛將保齡球擲出，身子失去平衡，滑跌在地。這一個動作很滑稽，有點像默片裏的喜劇明星。亞洪目擊這一幕，應該笑，卻沒有笑。（偷手袋？保齡球場裏到處是人，我怎麼可以偷別人的手袋？這是十分危險的事，不能做。）視線一直落在那隻裝著許多鈔票的手袋，情形像極了餓漢眼望玻璃櫥窗裏的滷味。（沒有錢，甚麼事情都不能做。那隻手袋裏，裝著許多鈔票。我必須設法將那隻手袋拿過來。但是，在保齡球場搶手袋或者偷手袋一定會被場方發現。）亞洪心中好像有一把火燄在燃燒，那隻白手袋給他的引誘實在太大。他需要錢用。那隻白手袋裏裝著很多錢。（等她們打完保齡球之後，我跟隨她們出去。說不定那瘦女人會單獨回家，說不定她會走進大廈去搭乘電梯……）

想到這裏，忽然有兩個男人走來跟她們打招呼了。瘦女人問：

「你們約我們到這裏來的；現在幾點了？」

那個身材高大的男人堆上一臉阿諛的笑容，作了這樣的解釋：

「車輛太多，交通受到阻塞。」

瘦女人瞟了他一眼，嘴裏不乾不淨咕噥幾句；不過，亞洪聽不清楚她在說些甚麼。四個人開始一同打保齡了。亞洪望那隻手袋。（搶不到了。在這種情形之下，既不能偷；也不能搶，自無必要繼續坐在這裏。）站起身，雙手插入衣袋，廢然走出保齡球場。有人走進「金屋餐廳」。亞洪乜斜著眼珠子望望玻璃門裏的餐廳。餐廳裏坐著許多食客，有說有笑，個個很愉快。（有錢人當然是愉快的。喜歡打保齡球，就走去打保齡球；喜歡到餐廳去吃東西，就到餐廳去吃東西。）亞洪身上只賸幾塊錢，做甚麼都不行，在星光行裏兜了一圈，只好走去彌敦道看櫥窗。

天氣依舊相當熱，走進瑞興公司，不是買東西，只想享受一下冷氣。

他見到許多手袋。

各式各種手袋都有。不同的式樣，不同的顏色。亞洪是個男人，照理不應該對手袋發生興趣的，他卻站在飾櫃邊，彷彿參觀畫展似的，將每一隻手袋當作名畫來欣賞。

（這些手袋裏邊沒有錢。）

想到這一點，他走去電梯口。搭乘電梯上四樓。這裏陳列著許多美麗的貨品，幾乎沒有一樣不好。（我要是中了馬票，一定走到這裏來買很多東西回去。）當他仔細參觀那些貨品時，產生一個古怪的念頭。（我在虐待自己。）尤其是走入皮鞋部時，那些陳列在架子上的方頭皮鞋，好像在諷刺他。（我何必再逗留在這裏？）他沒有勇氣繼續觀看那些式樣新穎的皮鞋了。彷彿被一個可怕的思想追逐著，疾步下樓。

走出百貨公司，暑氣有如火燄一般包圍著他。有一輛計程車停在街邊，計程車的玻璃窗上寫著「裝有冷氣」的字樣。（這真是有錢人的天堂。）他站在街邊，惘惘然望著街上來往的車輛。（彌敦道是寬闊的。）他想起去年的「香港節」。成千成萬的市民像潮水一般從每一條橫街湧入彌敦道。那天晚上，他也擠在人群中。那天晚上，花車是美麗的。他所見到的只是花車的上半部。他站得太遠。人太多。每一個人都想站在最前邊。那是一個大場面。（今年不舉行「香港節」了。那些免費的享受沒有了。窮人依舊不能活得像有錢人那樣快樂。除非……）這時候，他見到一男一女勾肩搭背地穿過馬路。那種親暱的模樣，像用膠水黏在一起似的。亞洪見此情形，若有所悟地「哦」了一聲。（對了。應該走去姻緣道搶。在半山的姻緣道邊，常常會有青年男女在僻靜地區談情說愛。他們不喜歡被人見到，所以必須走去不容易被人見到的地方。只要是不容易被人見到的地方。我就可以下手了。對！這是一個好主意，今天晚上應該到姻緣道去碰碰運氣。）越想越興奮。沿著寬闊的人行道，從北京道走去漢口道，折入中間道，又回到天星碼頭。（在電梯裏搶劫，危險性相當大。不如走去姻緣道搶劫，就不容易被人抓去了。）付出兩毫半，走入渡海小輪碼頭，見到許多女人。每一個女人手中都挽著手袋。亞洪隨著人潮走上渡輪。坐在他對面的，是一對年輕男女。男的手腕上戴著一隻金錶。女的手腕上戴著一隻白金手錶。（這兩隻手錶都相當值錢。如果他們在姻緣道上談情說愛的話，我就可以下手了。那男人很瘦，絕對不是我的對手。）亞洪望望那兩隻手錶，心神慌亂得七上八下。（不說那女人的手袋，單是這兩隻手錶，就可以幫我解決不少問題了。）那男人在女人耳邊喊喊喳喳講了幾句，女人吃吃而笑。（不知道那男人跟她講些甚麼。可能是猥褻的笑話，要不然，她怎會笑成這個樣子？）

渡輪抵達港島，亞洪見到椅子上有份晚報。這是一個乘客擲掉的報紙。亞洪隨手拿了起來，隨著人潮走出碼頭。

沒有一定的去處，就坐在「皇后像廣場」的石凳上讀報。報上有兩則搶劫的新聞：一則是兩個摩登少女在九龍塘遇劫；另一則是劫案疑匪被警方抓到了。（劫案真多。無論翻開那一份報紙，總會讀到劫案的新聞。）亞洪先將兩個少女被劫的新聞讀了一遍。（那個打劫者的膽量真大，單憑一把刀，就搶到兩個少女的手袋了。）亞洪不能不懷疑自己的膽量太小；但是，當他讀過第二則新聞後，他的想法又不同了。（一個曾經打劫過三次的青年，最後還是被警方拘獲了。犯了罪的人，遲早要付出犯罪的代價。）心一沉，將報紙往地上一擲。他的信心動搖了。（被拘捕後，就會被警方落案控告。只要證實有罪，少不免走去感化院裏住一個時期。）有兩個穿著迷你裙的少女在面前婀婀娜娜走過。每一個少女肩上都掛著一隻長帶手袋。（其實，感化院的日子並不苦。去年冬天，在一家專買雪櫃電視機的商店前面，曾見到熒光幕映出感化院內部的情況。住的、吃的、穿的都不壞。此外，還有足球籃球的設備。要是打劫被捕的話，走去感化院住一個時期，也沒有甚麼不好。）他的視線落在前邊那個噴水池上。有一個男人在替一個女人拍照。那女人站在噴水池前，穿著紅紅綠綠的衣服，（不過，我要是被抓去感化院過日子的話，阿媽一定會擔憂的。感化院與坐監沒有甚麼分別。做母親的人當然不希望兒子被抓去感化院的。）那個女人長得很難看，加上紅紅綠綠的衣服，更加難看。那男人替她拍了好幾張照片，她擺了好幾個姿勢。（星期日要陪冼彩玲到大嶼山去，身上沒有錢，就不能陪她去了。這是冼彩玲自己提出的要求，不能拒絕。如果這一次不陪她到大嶼山的話，以後她就不會理睬我了。）

在「皇后像廣場」坐了半個多鐘頭，搭乘電車回家。

當他走進大門時，母親剛從廚房走出。母親一見他就尖著嗓子問：

「到甚麼地方去了？」

亞洪以聳肩的動作代替答覆。

「你阿爸受傷了！」母親說。

05

「受傷？」亞洪睜大受驚的眼，「他怎會受傷？」

「燈膽壞了。我到樓下電器店去買了一隻新的燈膽，叫他換上。他踏上椅子，不夠高；又加了一隻小凳在椅上，換燈膽時，不知道怎麼一來，跌倒在地，痛得狂喊。那時候，我在廚房洗碗，聽到聲音，連忙走去觀看，他已……」

沒有等母親將話講完，亞洪推開房門，走入房內。父親仰臥在床，臉色蒼白得像搽了一層粉。

「你覺得怎麼樣？」亞洪問父親。

道友超嘆息一聲，口也懶得開。

亞洪轉過臉去問母親：「有沒有看醫生？」

「請樓下的跌打醫生上來看過了。敷了藥之後，醫生叫他今晚不要返工。」

道友超開口了，聲音有點發抖：「今晚你代我返工。」

亞洪不說甚麼，走到床邊，一屁股坐下，從衣袋裏取出那包菸，點上一枝。（再找不到錢，星期日就不能陪冼彩玲到大嶼山去。）母親柔聲對他說：「你也該休息一下了。吃過晚飯就到那幢大廈去替你阿爸看更。」亞洪說：「讓我吸完這枝菸。」母親掉轉身，到廚房去煮晚飯。（我本來打算到姻緣道去搶的。現在，這個計劃不能實現了。）連吸幾口，吐出一大堆煙藹。道友超忽然咳嗆起來，邊咳邊說：「不要吸菸。」亞洪白了他一眼，只好將長長的菸蒂撳熄在菸灰碟中。（真沒有用！換燈膽也會受傷！）亞洪躺在床上，眼睛望著天花板。（今晚不能搶，要是明天他的傷勢仍不痊癒的話，我仍須走去那幢大廈替他返工。這樣，星期日怎能陪冼彩玲到大嶼山去？）

母親走進房內，見亞洪睜大眼睛望著天花板，忙問：

「為甚麼還不睡？」

「睡不著。」

「吃過晚飯就要替你阿爸返工了，此刻不睡，哪有精神挨到天亮？」

亞洪不願多講，只好合上眼皮。當他合上眼皮時，立刻想到冼彩玲。當他想到冼彩玲時，心裏亂糟糟，煩躁得很。（怎麼辦？今晚不能走去姻緣道搶了。明晚呢？明晚要是他的傷勢仍沒有痊癒的話，我還是不能走去姻緣道的。怎麼辦？）越想越心煩，怎樣也無法入睡。（我必須想出一個辦法來。）睜開眼睛，望望躺在另一隻床上的父親。（換燈膽也會受傷。）心裏說不出多麼的煩亂，恨不得捉住父親打他的耳光。（已經跟冼彩玲約好了，我怎麼可以放棄這個機會。我必須想出一個辦法來。）想到這裏，臉上的表情突呈緊張。（我真蠢！既然獲得這樣的機會，再好也沒有了。大廈裏的住客未必認識我，只要在電梯中遇到單身女子，就可以下手。）轉念一想，又覺得這不是一個妥善的辦法。（大廈的住客雖然不認識我；但是我替阿爸看更，搶劫別人的東西後，當然不能馬上逃走。如果我逃走的話，他們一定知道是我幹的，反之，如果我不逃的話，他們也會知道是我幹的。這個辦法行不通。）想到這裏，臉上的表情比剛才更加難看。（搶不到錢就不能陪冼彩玲到大嶼山去了。）越想越煩，索性一骨碌翻身下床，望望受了傷的父親，怒氣往上沖。（換燈膽也會受傷。那大廈管理處的職員一定瞎了眼睛，甚麼人都不僱，偏要僱他去做管理員。如果那幢大廈當真發生搶劫案的話，他有甚麼用？）母親又進來了，見亞洪坐在床沿，壓低嗓子問：「叫你睡，為甚麼不睡？」

「睡不著。」

「今晚你要到那座大廈去做替工，現在不睡，就沒有時間睡了。」

道友超開口了，臉上出現無限憎厭的神氣。「亞洪要是睡不著的話，何必強迫他睡？」他說。亞洪聳聳肩，心裏有一種難以排遣的煩悶。母親尖着嗓子說：「此刻不睡，要是看更的時候睡覺，一定會給管理處的先生責罵的。」道友超唉了一聲，說亞洪年紀輕，精力充沛，偶而少睡一夜，不成問題。然後對亞洪說：「電筒在桌面上。吃過晚飯就到那座大廈去找管理處的李先生，將我的情形告訴他。」亞洪點點頭。母親轉過臉來，皺緊眉頭對亞洪說：「還是睡一會吧。吃晚飯的時候，我喚醒你。」

沒有辦法，只好再一次躺在床上。雖然睡意全無，卻不能不合上眼皮。（明晚到烟緣道去。祇要他的傷勢痊癒，明晚到烟緣道去，總可以搶到一點。他的傷勢不會嚴重的。冼彩玲的嘴唇，長得不厚不薄，真美。星期日，到大嶼山去旅行，只要走到僻靜地區，就可以將她摟在懷中，吻她。她的胸脯也很豐滿，到時就該用手去摸她的乳房。她不會抗拒的。）父親再一次咳嗆起來，亞洪睜開眼睛望著父親。（真沒有用，換燈膽也會受傷。除了走去麻雀館打牌之外，甚麼事情都不會做。）父親咳了一陣，咳出一口濃痰。亞洪合上眼皮，繼續休息。（冼彩玲的手臂又白又嫩，她的身體一定比手臂更白更嫩。她的腰身雖細。屁股卻大。明晚要是搶到錢的話；後天……）想到這裏，心中好像有一把火在燃燒。他又睜開眼來了，呆呆地望著天花板。那白色的天花板上好像是電影院裏的銀幕，銀幕上出現一個女人；一個裸體的女人。（反正睡不熟，不如將那兩本舊雜誌翻出來看看。）一骨碌翻身下床，蹲下身子，將床底的箱子拉出來，取出那兩本雜誌。

「你在做甚麼？」父親說。

「我要大便，找本書出來拿到廁所去看，」亞洪答。

走入廁所，將門閂上。既不沖涼；也不大便，祇想翻閱那兩本雜誌。這兩本雜誌的內容早已看過；不過，每一次翻閱時，那些裸女的照片就會像火柴一般燃起他內心的慾火。（這個女人的乳房真大，簡直像兩隻裝著白糖的袋。）他對雜誌裏的文字並不感到興趣。雖然雜誌買回來已有相當時日，卻始終沒有讀那些文字。他知道這種雜誌裏的文字也很鹹濕；不過，他沒有耐心。（這個女人的臉孔長得很難看，體態極好。腰細，屁股大；不胖不瘦，乳房結實。）內心的火燄熊熊燃燒，血液循環加速。（這張照片拍得很藝術。影中人的右腿擱在左腿上，使人看不見那個部分，卻隱約可以看到肛門。）眼睛比剛才睜得更大，臉孔熱辣辣的。（漫畫也很有意思。一個裸女在打電話。她說：「你要來就來吧；不過，我還是認為你搭錯線了。」）當他看到一幅加大的彩色照片時，他的心就卜通卜通跳了起來。（這張照片妙到極點。一個年輕女人在水中仰泳，赤裸著身子，仍能透過水紋看到那神祕部分。）亞洪再不能用理智控制自己了，沖涼房的門已閂上，誰也不會走進來。（那個女人。那個在水中仰泳的女人！太誘人了。）再一次，他想起冼彩玲。（冼彩玲要是脫光衣服在水中仰泳的話，可能比那個女人更誘人。冼彩玲的……）他的情緒越來越緊張。

扭開水龍頭，洗淨沖涼缸後，抹乾濕手，將兩本鹹濕雜誌捲在一起，走出沖涼房。回入房內，母親正在擺碗筷。

「叫你休息，偏不肯休息！你到甚麼地方去了？」母親問。

「我在廁所。」

「快吃晚飯了，睡一會吧，」母親說，「睡醒，就吃飯，吃過飯，到那座大廈去！」

06

拿著手臂一般的電筒，走進大廈。他是常常到這裏來的，對大廈裏的情形相當熟悉。管理處的老李，他也見過幾次。那老李聽說道友超換燈膽時跌了一交，忍不住笑了起來。他說：

「道友超手無縛雞之力，做管理員也沒有資格了。」

亞洪聳聳肩，走去坐在電梯旁邊的藤椅上。這隻藤椅，是他父親坐慣了的。

坐了一刻鐘左右，百無聊賴，伸了懶腰又打呵欠。（剛才，在家裏的時候，躺在床上怎樣也睡不著；現在，才不過八點多，卻像白粉道人發癮似的，一再打呵欠。）望望電梯。電梯門啟開時，走出兩個濃妝艷抹的女人。（不是舞女；便是吧女，晚上還打扮得這樣妖形怪狀。）他用手背掩在嘴前，打呵欠。管理處的老李走來了。

「怎麼啦？昨晚沒有睡好？」老李問。

亞洪露了一個非常不自然的笑容，聳聳肩。

「我走了，」老李說，「十二點過後，到頂樓去，然後逐層巡視，遇見可疑的人物躲在那裏，就要查問。這些日子，搶劫案每天都有，我們不能不小心。」

亞洪點點頭。

老李將一大串鑰匙塞入衣袋後，搖搖擺擺，走出大廈。亞洪又打呵欠。他是一個好動的人，不習慣靜靜地坐在那裏。有一個中年婦人走進來了，黑衫黑褲，手裏拿著一隻白手袋。那手袋脹脹的，裏邊裝著太多的東西，襯著黑色的衣服，像黑暗中看夜光錶，顯得非常突出。（手袋一定裝著不少錢。這是一個機會。沒有人陪著她，祇要跟她走入電梯，就可以下手。）轉念一想，又覺得這樣做是不對的。（在別的大廈遇到這樣的機會，當然可以下手，但是這座大廈，要是發生搶劫案的話，我必須負責任。警方走來查究時，一定會查出是我幹的。）

穿黑衫黑褲的女人進入電梯後，亞洪從衣袋裏掏出香菸，點上一枝，依舊覺得很疲倦。（賺錢可真不容易。阿爸每晚走到這裏來做工，從晚上八時坐到明晨八點，實在乏味到了極點。這座大廈不出事，還不成問題；萬一發生搶劫或爆竊的事情，他就要負責了。責任是不小的，每個月的薪水不過兩百多。）連吸幾口菸，吐出一大堆煙藹。（兩百多，有甚麼用？每晚走到這裏來坐到天亮，悶得很。）電梯門啟開，走出兩個十二三歲的男孩。這兩個男孩望望亞洪。亞洪又打呵欠。

在藤椅上坐了一個鐘頭左右，腿也麻痺了，必須站起身走動走動。（這種工作實在太枯燥，除了上了年紀的人，誰願意做？）百無聊賴，走去管理處。管理處的鐵閘已上鎖；不過，寫字枱上放著幾張舊報紙。亞洪伸手拿了一張出來，原來是上星期的報紙。如果不是因為閒著無聊，他是不會翻閱舊報紙的。（看看這張報紙上有沒有搶劫事件。）果然不出所料，港聞版有一則搶劫事件。地點在銅鑼灣一幢大廈裏，一個印度女子進入電梯時，有一個男人跟了進去。電梯升至七樓，那男子拔出利刀，搶去印度女子的手袋後，將印度女子踢出電梯。那印度女子相當機警，見旁邊那架電梯正在下降，連忙伸出手去按電鈕。電梯門啟開，走入電梯，下樓。她將遇劫的事情通知管理處的職員，職員見門外站著三名警員，當即將事情向警員們報告。於是分頭把守樓梯與通道，終於將那個劫匪抓到了。（由此看來，搶劫也不容易。）亞洪站起，將舊報紙放回管理處的寫字枱，吸口菸，將菸蒂擲在地上，用鞋底踏熄。（在大廈當管理員，賺得太少，但是，搶別人銀財也不容易，除了勇氣；還需要運氣。運氣不好，就會被抓去。）

兩個長髮青年從外邊走進來，走到電梯口，身材較高的那一個忽然拿出尖刀，指著身材較矮的那一個，有如演戲似的壓低嗓子：

「將手錶脫下來！」

身材矮小的那個青年「唉」了一聲之後，厲言正色：「別開玩笑！給別人見到了，還以為你是劫匪哩！」

「劫匪？」身材較高的那個說，「別講得這麼難聽，好不好？」

「難聽？你要是當真用刀子去威脅別人的話，不是劫匪，是甚麼？」

身材較高的那個扁扁嘴：「老實說，有一天我需要錢用時，我就會用這把刀子去搶！別以為搶錢很困難，只要有膽量，單靠這把刀子，說不定可以發一筆小財！你看不看報紙？」

「每天都看，」身材較矮的青年答。

「你說，哪一天報紙上沒有搶劫的新聞？」

「但是，這不是開玩笑的事，給警察見到，少不免又要引起麻煩。占美，快將刀子收起！」

占美故意將刀子在對方眼前晃了晃，然後縱聲大笑，笑了一陣，說：「你等著瞧吧，我要是需要錢的話，就會用這把刀子去搶！」

「你這個人，就是這樣的。剛才喝了幾杯酒，現在就胡言亂語了！」

「我沒有醉！」占美再一次晃了晃刀子。

電梯門啟開，兩個年輕人走了進去。亞洪一直睜大眼睛望著他們，將他們當作舞台上的演員。（每一個青年都有這種想法：只要有一把利刀，就可以解決經濟上的困難。那占美講得一點也不錯：哪一天報紙上沒有搶劫的新聞？）亞洪摸菸時，摸到了那把彈簧刀，情緒頓時緊張起來，心似打鼓，咚咚咚，一陣子亂跳。（我需要錢用，為甚麼沒有膽量去搶？）轉念一想，又覺得這樣做是不對的。

掏出香菸，點上一枝。他一向沒有早睡的習慣：但是這天晚上的情形恰好相反，特別疲倦。在這種情形下，唯有吸菸。（明天晚上，即使阿爸傷勢沒有好，我也要走去姻緣道碰碰運氣。）這樣想時，眼皮沉甸甸的。意識逐漸模糊，那長長的菸蒂從手指間掉落在地上。他做了一場夢，夢見自己用彈簧刀指著草叢間的一對男女，要男的將皮夾與手錶交給他，要女的交出手袋。然後逃回家中，發現皮夾與手袋裏都裝滿鈔票。……

零亂的腳步聲將他從睡夢中吵醒。睜開惺忪的眼，見到七八個男女有說有笑從大堂入口處走進來。亞洪的美夢破碎了，再一次回到現實。望望管理處的那隻電鐘：十二點一刻。（我應該去巡視了。老李剛才關照過的，到了午夜，就要拿著電筒從頂樓走下來，察看有沒有可疑的人物。這些日子，搶劫事件實在太多，做一個管理員，不能不小心些。）站起身，走去等電梯。那幾個人望望他，見他手裏拿著電筒，只當他是新來的看更。

進入電梯，一個中年男子搭訕著問：

「道友超辭工了？」

「他身體不舒服，」亞洪答。

「病了？」

「換燈膽時跌了一交。」

那中年男人笑了。其餘諸人也笑了起來。（這些人，真是大驚小怪，芝麻綠豆點似的事情，竟會笑成這個模樣。）電梯到十二樓，停下。幾個人有說有笑地走出電梯。

升到頂樓，亞洪拿著電筒走了出來。這層樓靜悄悄的，一點聲音也沒有。

太平梯在走廊的另一端。亞洪用手背掩在嘴前，又打呵欠。不過，精神比剛才好得多。

當他走下一層時，旁邊忽然竄出一隻黑貓，嚇了一跳。

定定神，用電筒照射那個黝暗的角落。（**他媽的！這種工作也不容易做！**）左手扶著欄桿，右手用電筒照著樓梯，一步一步走下去。這幢大廈雖有管理處，但管理得一點也不好。太平梯的電燈不但昏黃不明；而且大部分的燈膽都壞了。（**燈膽既然壞了，為甚麼不換新的。大廈的住戶們不肯繳管理費？管理處的職員們收了雜費不做事？**）這些，不是亞洪需要研究的問題。亞洪用電筒照著梯級，輕步走下去。

走下四五層，黝暗處有掙扎聲傳來。（**這是甚麼聲音？**）亞洪忙不迭用電筒對黑暗處一照；角隅處有一男一女。女的身材矮小，四五十歲；男的蓄著長頭髮，身材並不高大；年紀很輕。

那男的正在搶女人的手袋。

「你在做甚麼？」亞洪用裂帛似的聲音叱喝。

年輕人做賊心虛，聽到聲音，有如受驚的兔子，疾步奔下樓去。

性急慌忙中，那年輕人竟將搶到的手袋掉在梯級上。

亞洪知道這是怎麼一回事了。因為責任所在，不能不追趕。當他追趕時，手電筒發出的光線照來照去。這種不穩定的光線，使那個年輕人更加焦躁不安。那年輕人將兩條大腿搬得很快，像旋轉中的車輪。亞洪追了一陣；知道追不上他，也就不追了。（**沒有用。就算追到地下，也追不到他的。反正他已將搶到手袋掉落在梯級上，沒有必要窮追。**）站定，掉轉身，回上樓來。將手袋拾起，走到那個睜大一對眼睛站在黝暗處的女人面前。

將手袋交給那女人。

那女人低聲說了一句「謝謝你」之後，低下頭去，打開手袋，察看手袋裏的東西。手袋裏有一百多塊錢。**（這是一個好機會。如果我將那把彈簧刀拿出來的話，手袋裏的錢就屬於我的了。）**

雖然有了這樣的想法；他卻沒有這樣做。他知道：在這幢大廈裏搶錢，一定會被警方抓到的。因此，他說了這麼兩句：

「用不著謝我。這是我的責任。」

「你的責任？」女人的眼睛睜得更大。

「我是這裏的管理員。」

「這裏的管理員不是道友超嗎？」女人問。

「道友超病了，他叫我來做替工。我是他的兒子。」亞洪這才露了笑容。

「你是道友超的兒子？」女人說這句話之後，上一眼下一眼對亞洪身上直打量。「我的運氣還算是好的，」她加上這麼幾句，「如果不遇到你的話，這手袋裏的錢就被他搶去了！你知道嗎？這一百多塊錢是從朋友處借來的，明天拿給三個孩子到學校裏去繳學費。」說到這裏，從手袋裏掏出一張十元的鈔票送給亞洪，作為酬謝。亞洪視線落在鈔票上，不敢接受。**（這是她的孩子們的學費，我怎麼能夠收受？再說，這筆錢是借來的。）**

「謝謝你的好意。這是我的責任，你不必送錢給我，」亞洪說。

「這十塊錢，請你收下吧，」女人說，「剛才，不是你來救我，這手袋早就被他搶走了。」

亞洪搖搖頭：「錢，我是不要的。不過，有一個問題，希望你能夠答覆我。」

「甚麼問題？」

「你為甚麼不搭乘電梯，要從太平梯走上來？」

「我在等電梯時，有兩個長頭髮阿飛也在等電梯。這兩位阿飛的面孔很陌生。我斷定他們不是住在這裏的，有點害怕，索性改由太平梯走上來。你不會不知，這些日子到處都有搶劫發生！」

「話雖如此，」亞洪說，「以後還是搭乘電梯得好。太平梯上落的人少，尤其在晚上，遇到壞人，那就糟了！」

女人將十元鈔票塞入手袋後，再一次向他道謝，上樓。

亞洪聳聳肩，用電筒照著梯級走下去。（搶劫事件越來越多了。報紙上雖然每天都有搶劫事件的報導，但是，實際的搶劫事件一定比報紙刊登出來的多。別的不說，單是此刻這樁搶劫案。事主不報警，明天的報紙就不會有報導。）他已走到底層。雖然他自己的褲袋裏也放著一把彈簧刀，能夠及時為那個婦人搶回手袋，對他來說，總是一件值得驕傲的事。（我從來沒有做過這種事情。我並沒有得到甚麼；但是，我心裏很快樂。）走到藤椅邊，坐下，將電筒放在地上，取出香菸，點上一枝。（剛才那個阿飛一定恨透我了。如果我不在那個時候出現的話，他已搶到那隻手袋。）想到這裏，亞洪倒也有點不舒服了。當他想到那個婦人時，他很驕傲；當他想到那個阿飛時，很替那個阿飛難過。（那阿飛會不會走來報復？）想到這一點，情緒有點緊張。（不會的。他根本不知道我是誰。再說，剛才那地方相當暗，在匆忙中，一定不會看清我的面孔。即使他要報復，也不會知道追捕他的，就是我。）亞洪牽牽嘴角，笑了。舒口氣之後，連吸兩口菸。

時已子夜過後，雖然仍有人自外歸來；但是出街的人不多了。亞洪呆坐在藤椅上，百無聊賴。他是一個好動的人，深更半夜獨自一個人坐在那裏，難免會感到寂寞。（這種工作，真沒有意思，除了阿爸那樣上了年紀的人，誰肯做？在這個地方，偶而坐一夜，尚且感到枯燥乏味；每晚這樣，非發狂不可。）低下頭，視線落在士敏土的地上。有兩行螞蟻在爬來爬去，顯得非常忙碌。（這是另外一個世界。牠們究竟在做些甚麼？忙於貯藏食糧還是備戰？螞蟻是經常交戰的。……）狗吠聲使亞洪本能地抬起頭來。電梯門啟開後，一個中年男子，牽著兩隻狼犬走出來。兩隻狼犬的吠聲特別嘹亮，使亞洪有點害怕。

（半夜三更，牽著兩隻狼狗走去街邊阿屎阿尿，興趣也未免太好了。這個傢伙一定喜歡虛張聲勢的，養狼狗，主要目的在於引起他人對狼狗的恐懼，藉此增加他的威風。）他吸了兩口菸，外邊仍有犬吠聲傳來。夜籟人靜，這犬吠聲特別刺耳。（其實，住大廈的人是不是應該養狗的，尤其不應該養狼狗。香港人多地少，建築物都向高空發展，大部分香港人的居住環境不好，怎麼能夠養狗？）這時候，有兩個少女從外邊走進來。這兩個少女的頭髮都很長。黑眼圈。露臍裝。

張開搽著橙色唇膏的嘴，嘩啦嘩啦唱〈今天不回家〉。（咬字不準，一定沒有受過國語訓練。）當她們走進來時，腳下一路劃著十字。她們的動態，像極了喝醉的人。如果她們不是勾肩搭背的話，準會因身子失去平衡而跌倒。（**不是正經女人。一定不是正經女人。**）亞洪一邊吸菸；一邊睜大眼睛望著她們。他正感無聊，能夠在這個時候見到這兩個少女，當然會感到興趣。兩個少女跌跌撞撞走到電梯口，嘴裏依舊嘩啦嘩啦唱著〈今天不回家〉。（**一定吃了迷幻藥。不錯。這兩個少女一定吃了迷幻藥。**）

電梯門雖然緊閉著；但是指示板上顯示電梯在地下，只需用手指揿一下電鈕，兩扇門就會啟開。兩個少女並不伸手去揿電鈕，只是搖搖擺擺地站在電梯口，又唱又跳。

亞洪將菸蒂擲在地上，走去揿電鈕。電梯門啟開，兩個少女並不走進去。

「你們要不要上樓？」亞洪問。

「走開！」一個少女突然板起面孔怒叱，「不要你管閒事！」

亞洪吃了一驚，呆呆地望著這個少女。（**這個少女難道瘋了不成？我好心替她揿電鈕，卻被她罵了兩句。**）不過，亞洪還能保持理智的清醒，不會為了這樣一件小事與她們吵起來。

有如小孩子在動物園裏見到以前從未見過的動物，他睜大眼睛凝視她們。

另一個少女忽然停止唱歌了，搖搖擺擺走到亞洪面前，放開嗓子怒叱：

「×你的老母！有甚麼好看？難道你沒有見過女人！你……你的老母也是女人！×！」

亞洪無端端給那個少女罵了幾句，心裏說不出多麼的不舒服，正欲回她幾句時，那電梯門，因為沒有人走進去，自動關上了。

電梯門關上後，那少女大聲叫了起來，像一隻被踩痛尾巴的貓：

「誰叫你關上電梯門！」

另一個少女也氣勢洶洶走過來，用食指點點亞洪的鼻子，尖著聲音嚷：

「對！誰叫你關上電梯門！」

「我沒有關門，」亞洪說，「那電梯是自動關上的。」

「那電梯門是你開的！」一個少女說。

「對！那電梯門是你開的！」另一個少女說。

亞洪見她們理性盡失，懶得多講，掉轉身，走去坐在藤椅上。（這兩個女人，真怪！）

一個少女縱聲大笑。

另一個少女也縱聲大笑。

兩個少女的行為是如此的古怪，使亞洪不得不睜大眼睛望著她們了。她們狂笑。她們的身體常常不能保持平衡。感情上的混亂，顯而易見。在亞洪的心目中，這兩個少女是現實生活中的演員。現在，她們正在演戲給他看。說演戲，未免有點誇張；不過，這兩個少女行為古怪，任何人見到，都會感到詫異。（**這兩個少女究竟是做甚麼的？她們喝醉了還是吃了迷幻藥？**）兩個少女竟摟在一起了。起先，她們吻對方的頸脖；後來，嘴唇與嘴唇印在一起。不但如此，當她們接吻時，一個少女將另一個少女的上衣解開。這一個大膽的動作，看得亞洪目瞪口呆。

這是一齣現實生活中的戲。這齣戲比電影精彩得多。現代電影對性愛都有大膽的描繪；但是像亞洪目前見到的種種，即使在銀幕上，也不容易見到。**（這兩個少女究竟在做甚麼？）**兩個少女仍在狂笑。一個少女用手去撫摸對方的乳房；另一個少女也用手去撫摸對方的乳房。亞洪見這一對少女做出這樣荒唐的動作時，忍不住笑了起來。他的笑聲，使少女們有了突然的驚醒。其中之一，伸出手去揿電鈕。電梯門啟開。她們勾肩搭背走了進去。電梯門剛關上，就傳出格格的笑聲。**（這兩個少女要不是喝醉了酒；一定吃了迷幻藥。現在，吃迷幻藥是一件時髦的事情。）**

犬吠聲打斷他的思路。那個中年男子牽著兩隻狼狗走進來了。兩隻狼狗見到坐在藤椅上的亞洪，一邊狂吠；一邊氣勢洶洶地向他撲過來。兩隻狼狗沒有戴口罩，使亞洪驚惶失措地跳了起來。如果不是因為那個中年人用力將兩隻狼狗拉低的話，亞洪大有可能被牠們咬傷。**（這兩隻狼狗真討厭！在大廈養狼狗，根本是不對的。既然養了狼狗，就該為牠們戴口罩！）**那中年男子揿了一下電鈕之後，電梯門啟開。

狼狗上樓後，這地方再一次恢復寧靜。亞洪坐在藤椅上，暗自舒了一口氣。

稍過些時，有兩個長頭髮的少男走進來。兩個少男都用牙齒咬著香菸。亞洪不喜歡這兩個少男，因為他們的態度很跋扈。當他們進入電梯後，亞洪吐了一口唾沫在地上。

毫無意趣和興味，亞洪再一次低下頭去看螞蟻，只有這樣做，才能使他不再睡著。

螞蟻們看來是分不出晝夜的，依舊很忙碌。（不知道牠們在忙些甚麼，作戰？藏糧？或者是別的事情。）

看了一陣螞蟻之後，站起身，走去廁所解溲。廁所靜悄悄的，一點聲音也沒有。那盞昏黃不明的電燈使這間臭得令人想嘔吐的地方被恐怖氣氛籠罩著。亞洪很不喜歡這地方。解過溲，疾步走去電梯口。

他從衣袋裏掏出那包香菸，點上一枝。當他將那包香菸放入衣袋時，他的手指觸摸到那把彈簧刀。他的心頓時亂了起來。（搶劫是不對的。因搶劫而傷人更加不對。這種事情做不得。這是壞事。）他點上一枝香菸。（不搶，就不能陪冼彩玲到大嶼山去了。）連吃兩口菸吐出一大堆煙靄。（有了錢，不但可以陪冼彩玲到大嶼山去，還可以請她到歌廳去聽歌。她是很喜歡時代曲的。與她在一起時，她常常低哼〈今天不回家〉。）

眼皮抽搐地跳動起來。（阿媽很迷信，總以為眼皮跳動與酒色財氣有關。我才不信這一套。）他知道眼皮在這個時候跳動，只有一個理由：睡眠不夠。他用手掌拍了幾下眼睛，以為可以有效地止住眼皮跳動；結果卻不然。這是凌晨，進出的人很少。夜歸的人雖不多，還是有的；但在這個時候出街的人，就不大有了。很靜。亞洪呆呆地坐在那裏，連自己的呼吸也能聽得清清楚楚。

（做一個管理員，看似容易，卻需要很大的耐性。這種單調乏味的工作，即使每個月給我一千元，我也不會幹。）想到這裏，一連打了兩個呵欠。眼皮仍在跳。他吸了一口菸。（阿爸這樣喜歡賭錢，將生活的擔子交給阿媽一個人去挑，當然不對。但是，為了兩百多塊錢，每晚走到這裏來工作，也相當可憐。現在是熱天，在這裏坐到天亮，還不成問題；到了冬天，每夜走到這裏坐到天亮，別說衣服穿得不夠；即使穿著足夠的衣服，也不好受。）亞洪對父親是沒有甚麼感情的；然而現在，當他孤單單地坐在藤椅上時，對父親倒也不能沒有憐憫與同情。（只要有錢，這種苦頭就用不著吃了。問題是：錢在別人衣袋裏，要是沒有能力去賺的話，只好搶。）想到一個「搶」字，彷彿注射了一針興奮劑，精神頓時振作起來。這時候，兩條大腿忽然麻痺了。他必須站起身，在電梯口踱來踱去，藉此清除麻痺的感覺。（要搶，就該搶有錢人。拿了刀，向窮人搶幾塊錢，是不對的。）他一連吸了兩口菸，繼續踱來踱去。（其實，搶劫別人的錢財根本是一種犯法的行為，錢是屬於別人的，怎麼可以憑藉一把刀子去搶？）腿上的麻痺感漸次消失。但是，一種煩躁的感覺卻像火燄般的在他心中燃燒起來。他承認搶劫是不對的，卻又不肯放棄這個念頭。

兩種相反的力量，形成難以調和的衝突，在他內心進入交戰狀態。剛才見到的種種，使他對搶劫者全無同情。（搶別人的學費；或者搶別人準備用作看醫生的錢，都是可恥的！）他憤然將菸蒂擲在地上，用鞋底踏熄。（尖頭鞋。別人都在穿方頭鞋；我仍穿尖頭鞋。我應該買一對方頭鞋。）心裏更加煩亂，索性大踏步朝通道走去，走出大廈。長街寂靜，沒有行駛中的車輛；也沒有行人。他的手塞入衣袋，緊緊抓住那把彈簧刀。當他的視線落在停在街邊的汽車上時，又有另外一種想法了。（有錢人，坐汽車；住洋樓，吃好的東西，穿好的衣服，想甚麼，有甚麼，日子過得舒舒服服，無憂無慮。但是窮人就不同了。需要買鞋時，沒有錢買鞋；需要穿衣服時，沒有錢買衣，想甚麼，沒有甚麼，日子過得非常清苦，成天成晚坐在愁城中。）一輛汽車疾馳而過，車子裏坐著一個女人，這女人穿紅戴綠，打扮得像舞台上的花旦。（要搶，就該搶這種女人。）百無聊賴，沿著士敏土的人行道朝前走去。走過一條横街時，站定。（不能繼續朝前走了。此刻，這地方靜悄悄的，萬一遇到搶劫的人，豈不麻煩？如果我身上有錢的話，最多被他們將錢搶去。問題是：我身上沒有錢。根據以往報紙上的記載，那些搶劫的人，要是搶不到錢，往往會用刀子刺傷對方。前些日子，有個人從朋友家裏打完牌出來，輸了錢，祇賸一毫子，沒有能力坐計程車，唯有步行回家。在一家戲院附近遇到一個搶劫的人，因為身上沒有錢，被刺傷手臂。）想到這裏，渾身抖動一下，掉轉身，加快腳步，朝大廈走去。（其實，昨天晚上我自己也曾遇到過同樣的事情。兩個阿飛，因為我身上沒有錢，用刀柄將我擊暈。……）越想越害怕，腳步走得更快。回入大廈，一屁股坐在藤椅上，忍不住笑了起來。（膽量這樣小，還想搶別人的錢？一個想搶錢的人，竟害怕別人來搶，豈不滑稽？）

在往後的半小時內，沒有人走出大廈；也沒有人從大廈外邊走進來。亞洪打個呵欠後，沉甸甸的眼皮終於合上了。意識剛從清醒轉入迷糊，忽然聽到電梯上升的聲音。（這個時候還有人上樓？）睜開眼睛，望望電梯指示板。……56789。電梯在九樓停了。然後87654321。電梯門啟開，裏邊走出四個女人。一個女人額角破了，鮮血沿著臉頰往下淌。（這是怎麼一回事？）流血的女人捉住穿黑色衫褲女人的衣襟，氣沖沖說：

「到差館去！到差館去！」

另外兩個女人在旁勸解，你一言，我一語，利用她們的影響力，希望大事化小；小事化無。穿黑色衫褲的女人不甘示弱，用雞啼般的嗓子嚷起來：

「你是老千！要不然，你怎會知道我等二五筒？」

「就算我扣了你的牌，也不能將麻將牌擲在我的額角上！」

那兩個在旁勸解的女人見她們各不相讓，急得像熱鍋上的螞蟻，好說歹說，希望平息流血者的怒氣。

「不行！」流血者放開嗓子說，「她打傷了我，非拉她到差館去不可！」

亞洪見事情如同死結般地解不開，走上前去，對那個額角正在流血的女人說：

「依我看來，你的傷勢並不嚴重；不過，血流得太多是不好的。你應該上樓去用膠布黏住傷口，免得繼續流血。」

流血的女人怒氣仍盛，說話時，嗓子很尖，很刺耳：

「她用麻雀撕破我的額角！她這樣野蠻，我一定要拉她上差館！」

亞洪「唉」了一聲之後，繼續柔聲細氣地勸她上樓去用膠布黏住傷口。那婦人嘴裏仍在「不行！不行！」的亂嚷；但是內心的怒火卻因亞洪的話語而轉弱了。亞洪一再強調她的傷勢，使她不能不顧到自己的健康。

經不起兩個勸解者的慫恿，那流血女人終被推入電梯，上樓去了。當電梯關上時，亞洪聽到裏邊有個女人說：

「我輸了七底，還有三圈牌，你們要是不打的話，我就不付錢了。……」

亞洪望望電梯指示板：23456789。

亞洪睡意盡失，坐在藤椅上，又點上一枝菸。（這幾個女人，為了打牌，甚麼事情都做得出來。那個穿黑色衫褲的女人看來脾氣相當暴躁，要不然，也不會將牌擲在那個女人額角上了。……當時，那穿黑色衫褲的女人手裏要是有一把刀的話，事情就不堪設想。）電梯又下降。987654321。亞洪連吸幾口菸，站起身，來回踱步。（這種工作真無聊。）望望管理處牆壁上的電鐘：三點半。（再過兩個鐘頭，就天亮了。平時，我不會覺得夜晚是這麼長的；但是今晚，時間慢得像蝸牛爬，過一個鐘頭，等於過一天！）

很靜。

除了自己的腳步聲，再也沒有別的聲音。

再一次坐在藤椅上，因為沒有腳步聲的關係，寧靜似乎變成固體了，從四面八方壓攏來。

他一向不知道寧靜會這樣可怕。（這地方大概不會有鬼的。這地方也許會忽然出現一個劫匪，拿著刀子走來威脅我。）亞洪是管理員。最低限度今天晚上他是管理員。他身上有刀，為了星期日的約會，他早已存下這份心。但是現在，當他想到劫匪時，竟害怕得像見到鬼似的，渾身雞皮疙瘩盡起。（大廈當局為甚麼要僱管理員？這些日了，港九各處的大廈經常有搶劫事件發生，管理員是否有能力減少大廈裏的搶劫案？別說阿爸這樣上了年紀的人，就算我吧，遇到劫匪，也不會有甚麼辦法對付他們。）他的感情很混亂，腦子裏充滿矛盾的思念。他並沒有放棄搶劫的念頭；可是想到搶劫時，卻不寒而慄了。這天晚上，他見到太多的事情。

07

拖著沉甸甸的腳步回到家，八點半。道友超已起身，這是過去不大有的事情。他的傷勢有了顯著的好轉，雖然腿部還有點痠痛。

「怎麼樣？」道友超用痰塞的聲音問。

亞洪嘆口氣：「說起來，你也許不相信。」

「甚麼？」道友超問。

「昨天晚上，就在那幢大廈裏，發生一宗搶劫事件！那是我拿著電筒沿著太平梯走下去巡視時，見到一個身材高大的年輕男子在搶一個中年婦人的手袋。我大聲問他：『你在做甚麼？』他心中一慌，疾步逃走了。」

「有沒有將手袋奪回？」道友超問。

「在逃走的時候，那年輕男子將搶到的手袋掉落在梯級上。」

「那個中年婦人很幸運。」

「是的。那個中年婦人很幸運。」

母親從廚房走來，見到亞洪，尖著嗓子說：「快去洗臉，吃粥。吃過粥，睡覺。你一夜不睡，此刻一定很疲倦！」亞洪聳聳肩，走去洗臉，當他洗臉時，望望鏡子裏的自己，臉色很難看。（阿爸已能下床走動，今天晚上，用不到我去替他看更了。吃過粥，好好睡一覺，養足精神，今晚到姻緣道去搶錢。）洗過臉，將毛巾掛好，回房。道友超吸了一口菸，將菸蒂撳熄在菸灰碟中。

「最近這幾天，單是那幢大廈，幾乎每天都有搶劫事件發生，」他說。

母親走進房來，將粥菜放在桌面上。道友超忽然咳得上氣不接下氣，咳出一口濃痰，「噗」的一聲，將痰吐出窗口，然後用手掌抹乾嘴邊的唾液。當他拿起碗筷時，他說：

「那幢大廈的三樓是寫字樓。所以，過了五點，就會發生搶劫事件。上星期，那幢大廈的三樓曾經發生過三宗。」

「這是甚麼理由？」亞洪問。

「剛才不是講過了，三樓是寫字樓。五點過後，寫字樓的職員逐漸離去，全層樓沒有幾個人，匪徒走去搶劫，不容易被人發覺。」說到這裏，道友超用筷子夾了一些鹹菜，塞在嘴裏，一邊咀嚼；一邊繼續講下去，「上星期三發生的一宗搶劫案是這樣的：十一樓的司徒先生，因為有應酬，穿著筆挺的西裝，搭乘電梯下樓。電梯裏只有他一個人，到了三樓，停下。電梯門啟開，門外站著兩個長頭髮的青年。司徒先生以為他們也是搭乘電梯的，睜大眼睛望著他們，等他們進來。他們走進電梯後，以極其迅速的手法將司徒先生拉了出去，一個用刀子指著司徒先生的胸部；另一個則用繩子網綁他的手。這樣，司徒先生的皮夾與手錶被他們搶去了。」

「損失多少？」

「一千多元。」

「有沒有報警？」

「報過了，」道友超用筷子扒了一些粥在嘴裏，「警方曾經派人來調查過了，相信那兩個匪徒不久可以抓到。警方有許多線人，辦理這一類的案子，不會有太大的困難。不過，那三樓確是一個危險地區，到了晚上，連我也有點害怕。」

「你身上又沒有甚麼錢？怕甚麼？」亞洪問。

「那些匪徒冒險走去搶劫，要是一個斗零也搶不到的話，就會傷人。」

「你是管理員，他們不會搶你的。」

「很難講，」道友超說，「我雖然沒有遇到過這種事情；被搶的可能性並非沒有。你當然不會不知，我在巡視時，祇是一個人。」

吃過粥，母親對亞洪說：「你一定很疲倦了，快睡吧。」亞洪等母親走出臥房後，問父親：

「你的傷勢痊癒了？」

「大腿還有點痠痛，」道友超說。

「今天晚上，你自己去返工。」

「最好讓我再休息一晚，」道友超的語氣中含有明顯的懇求意味。

「不行，」亞洪用堅決的口氣說，「今晚我有事。」

「有甚麼事？」道友超加重語氣問。

亞洪並不答覆他的問題，打個呵欠，脫去身上的衣服，上床。（今天晚上，無論如何要到姻緣道去搶些錢來了。明天是星期日。明天要陪冼彩玲到大嶼山去。大嶼山是一個美麗的地方。冼彩玲是一個美麗的女人。明天……）這時候，他聽到了腳步聲與房門關上的聲音。睜開眼來一看，房內空落落的祇賸他一個。父親走出去了。（那幢大廈的三樓，常常發生搶劫事件。寫字樓。五點過後。靜悄悄的。用手指按電鈕。電梯門啟開。裏邊要是祇有一個人的話，將他拉出來，用刀指著他……）意識漸呈模糊。一把刀。兩隻恂慄的眼睛。然後是一大堆鈔票。鈔票在狂風中飄舞。他睡著了。

當他被母親推醒時，他問：

「甚麼事？」

「起身了，」母親說。

「讓我再睡一會，」他說。

母親叫他吃中飯，他說吃不下。母親說：「你要睡，吃過中飯再睡。」但是，他怎樣也不肯起身。再一次，他進入夢鄉。他夢見刀與手袋。刀鋒有血。手袋裏裝著許多鈔票。……

下午三點左右，他醒了。當他在沖涼房洗臉時母親為他炒了一碗飯。母親一天到晚忙著處理家務，像牛馬一般，雖苦，從不出怨言。

「阿爸出街了？」亞洪說。

「是的，」母親點點頭。

「去甚麼地方？」

「大概去麻雀館打牌。」

「今天晚上，用不到我去替工了。」

吃炒飯時，亞洪發現母親在炒飯中放了太多的鹽。亞洪喜歡吃糖，不大喜歡吃太鹹的東西。因此，祇吃了半碗飯，就將碗筷放下。

「怎麼啦？」母親問。

「吃不下，」亞洪答。

「炒得不好吃？」

「不，」亞洪說，「不是炒得不好。」

「既然這樣，為甚麼祇吃半碗？」

「一夜不睡，嘴裏發苦，甚麼都不想吃。」亞洪說。

母親低著頭，下巴抵住胸口，用遲滯的目光凝視地板，不再說甚麼。她雖然沒有責罵亞洪；但是那種沮喪的神情，比責罵更使亞洪難過。亞洪祇好再一次拿起碗筷，勉強將賸下的半碗飯吃下。（這碗飯，炒得實在太鹹。阿媽終究是個上了年紀的人，記性差，放過一次鹽後，又放了一次，要不然，這碗飯怎會鹹得發苦？）母親將碗筷拿到後邊去洗。亞洪想吸菸，探手衣袋，摸不到菸盒，才知道香菸已吸完。（嘴發苦，與吸菸也有關係。我不是一個有菸癮的人，昨天晚上竟吸了那麼多的香菸。）想到這裏，像煨灶貓似的伸個懶腰。窗外有時代曲的聲音傳來：姚蘇蓉的〈今天不回家〉。（喜歡聽姚蘇蓉唱歌的人，越來越多。這些日子，聽粵曲的人，少了；聽披頭四的人，也少了。姚蘇蓉的唱片非常暢銷。姚蘇蓉的歌聲，在港九每一個角落都可以聽到。）亞洪站起身，走去廚房向母親拿錢。他要十塊錢；母親祇拿了兩塊給他。（其實，我是不應該向母親拿錢的。這個家的擔子並不輕；我怎麼可以增加她的負擔？我必須設法找一點錢來。）他出街了。（今天晚上，到姻緣道去，一定要設法搶到一點錢。如果搶到的錢多，分一些給阿媽。）當他朝電車站走去時，經過一家唱片公司，又聽到了姚蘇蓉的歌聲：〈月兒像檸檬〉。（時代曲可以滿足那些不懂音樂的人對音樂的要求。不過，我也不懂音樂；我卻不喜歡姚蘇蓉的歌。）他走上電車，選了一個靠邊的座位。

沒有一定的去處。他是常常這樣的，坐在電車上，不知道到甚麼地方去。他有太多的空閒。

如果身上有錢的話，就有辦法打發時間：到酒簾去消磨幾個鐘頭或者到甚麼架步[2]去看幾套小電影。現在，他祇可以像浮萍一般，順著水流，飄到他自己也不知道的地方。電車在紅綠燈前停下。亞洪望望下面，私家車排成長龍**（有錢人真多。這個地方，有錢人真多。）**亞洪妒忌別人有錢，常常將有錢人當作仇敵。

車抵中環，下車。在「皇后像廣場」坐了一回，看那些盛裝艷服的女人怎樣在照相機前裝腔作勢。**（每一個女人都以為自己比別人更美。）**亞洪不喜歡看那些裝腔作勢的女人，站起身，跟隨人潮走入隧道。在這裏，每一個人都好像很忙碌似的。亞洪也不自覺地加快腳步，裝作很忙碌的樣子。

在進入碼頭之前，向那家小士多[3]買一包香菸。**（我會上癮的。這樣吸下去，我一定會上癮的。我也許已經上癮了。）**掏出兩毫半，進入碼頭。**（搭渡輪，非搭頭等不可，有錢人可以搭三等，窮人就該搭頭等。）**這是亞洪的想法。

坐在渡輪上，前後左右都是穿得整整齊齊的人。有一個女人穿著流行的蛇皮裝。有一個女人手裏拿著鱷魚皮手袋。**（不用說，這兩個女人都很富有。一套蛇皮裝，少說也要一兩千；一隻鱷魚皮手袋，如果是上好的，不要一萬，也要八千。）**亞洪望望前邊。靠近跳板處，有個外國遊客拿著照相機在拍攝維多利亞海峽上的帆船。**（這個遊客的衣袋裏一定有很多美金。）**亞洪有點氣憤；卻又無法解釋這種感情是怎樣產生的。這不是應該憤怒的事。渡輪抵達尖沙嘴，亞洪隨著人潮走出碼頭。尖沙嘴永遠是那麼擁擠的。太多的人，太多的巴士。太多的私家車。太多的計程車。亞洪沒有一定的去處，跟著別人走上一輛巴士。他的目的在於消磨時間，讓巴士載去甚麼地方都沒有分別。他點上一枝菸。（**火車站就要搬到紅磡去了。**）

看街景。那些街景都是熟悉的。匆匆的一瞥，也能透過玻璃櫥窗見到商店裏邊擠滿顧客。（**有錢人真多。**）亞洪妒忌別人走去商店買東西。（**這麼多的汽車。**）亞洪妒忌別人坐汽車。（**這個社會的問題是：有錢人太有錢；窮人太窮。**）他狠狠地吸了兩口菸，彷彿要從菸葉中吸出些甚麼似的。然後巴士進入一個陌生的地區。這地區的街景，亞洪全不熟悉。香港雖小，仍有不少地方是亞洪沒有到過的。

然後是一個偌大的徙置區，式樣相同的建築物像一隊兵似的排列在那裏。（**這是另外一個天地。這裏住著許多人。**）於是懷著好奇的心情下車，將菸蒂彈到遠處。雙手插入衣袋，漫無目的朝前走去。他是一個無業遊民，常在街頭閒蕩。對於他，閒蕩已變成一種習慣。（**這地方的建築物很整齊；但是晾在竹竿上的衣服很亂。**）他見到一個少女。這少女穿著很短的迷你裙；留著很長的頭髮。（**最多不過十五歲；臉上居然搽了那麼多的脂粉。**）覺得這個地方很有趣。

2 架步，泛指色情場所。
3 士多，英文的Store，指商店。

這地方有一個籃球場與一個小型足球場。此外，還有一些翹翹板與鞭韆架之類的東西。亞洪無所事事，走進運動場。小型足球場上沒有比賽，只有五六個人在練射門。亞洪不喜歡看籃球，遂走去看小孩子盪鞦韆。他坐在鐵欄桿上，兩條大腿盪呀盪的。驀地，有笑聲從右方傳來。亞洪本能地轉過臉去一看，原來是四五個阿飛與一個長頭髮的少女。這少女的眼圈搽得很黑，穿著一套露臍裝。（看樣子，不是籬女，便是吧女。）一個將頭髮電得鬈鬈曲曲的少男大踏步到亞洪面前，兩眼一瞪，用雞啼般的聲音問：

「看甚麼？」

「你這話甚麼意思？」亞洪反問。

「我的意思很簡單，你在看甚麼？」

「我甚麼也沒有看。」

「你在看她！」那鬈髮少男伸手朝那個穿露臍裝的少女一指。

「我沒有看她！」亞洪說。

「你在看她！」鬈髮少男說出這話時，唾沫星子噴了亞洪一臉。

「我沒有看她，」亞洪臉孔漲得通紅，像番茄。

「你明明在看她，還賴！」另外一個少男氣勢洶洶對亞洪說。

亞洪畢竟也是一個年輕人，聽了這樣的指摘，倒也有點惱怒了。

「就算我看她，又怎樣？」

「不許你看她！」鬈髮少男說。

「我倒要看看了！」亞洪放開嗓子說。

那鬈髮少男臉一沉，彷彿臉上的假面具忽然掉落：

「你應該向她道歉？」

「為甚麼？」亞洪問，「我為甚麼要向她道歉！」

「因為你看她。」

「這又不是犯法的事情，」亞洪說。

幾個少男各自挪前一步，圍了一個半月形，將坐在鐵欄桿上的亞洪包圍在中間。他們臉上的表情都很難看，包括那個穿著露臍裝的少女。**（奇怪，他們發這樣大的脾氣，做甚麼？就算我看她，又有甚麼問題？他們這樣做，想在我面前表現甚麼？）**亞洪睜大眼睛，對那個鬈髮少男投以詢問的凝視。

「向她道歉！」鬈髮少男說。

「不！我不向她道歉！」亞洪說。

就在這時，拳頭已落在他的臉上，眼前出現一陣昏黑，仰天跌倒在地。……

當他醒轉時候，見到一個十一二歲小童將驅風油搽在他的額角。**（這是怎麼一回事？）**遊目四矚，那四五個少男與一個穿露臍裝的少女已不見。（那個傢伙，太不講理。）他站起身，用手拍去身上的灰塵時，後腦勺有點痛。這是第二次了，頭部受傷。他以為又出血，伸手撫摸，才知道傷勢並不嚴重。

「怎麼樣？」那小童問。

「沒有甚麼！」他說。「謝謝你替我搽驅風油。」

那小童露齒而笑，牙齒很黃。

「那幾個傢伙，太不講理！」亞洪說。

「你還算是幸運的，」小童說，「上星期六，這裏殺死過一個人。」

「誰殺死誰？」

「被殺死的人叫做明仔；殺他的不知道是誰。」

「明仔怎會被人殺死？」

「明仔睜大眼睛看女人，有人就刺了他一刀。明仔倒在地上，救傷車來了，明仔已斷氣。」

亞洪打了一個寒噤，想說話，話語到了喉嚨口，卻講不出來。小童說了一句「你算是幸運的」，走開了。（**這還成甚麼世界？看女人也會被人殺死，這還成甚麼世界？**）他不願意再留在運動場，挪開腳步，眼前一陣昏黑，差點沒跌倒在地。（**被人打了一拳，還說是幸運。這是甚麼話？**）走到一家百貨商店門前，並非抵受不了櫥窗的引誘，祇想看看鏡子裏的自己。（**我的臉色很難看。**）

他的臉色十分慘白，彷彿搽了一層粉。（我病了？）繼續凝視鏡子裏的自己。（不。不可能。挨這麼一拳，算不了甚麼。）鏡子裏的自己，臉色很難看。（用不著氣憤。世界上有許多事情是沒有道理可講的。）點上一枝菸，漫無目的朝前走去。經過一家電影院，站定，望望海報，聳聳肩，朝巴士站走去。（越來越不像話了，殺人，打人，搶劫，縱火，都是犯法的事情，但是這種事情經常在發生。）當他坐在巴士的車廂裏時，心煩意亂。（不能搶。許多人都在做犯法的事情。我不能做。昨天晚上，我還在阻止別人搶劫；今天晚上怎麼可以走去搶別人的錢財？）心情很煩躁，一種無可奈何的感覺在他心中燃燒。（做壞事的人實在太多，我怎麼可以跟著他們去做壞事？）想到這裏，下意識地連吸數口菸；又下意識地將菸蒂彈出車窗。（要是沒有錢的話，就不到大嶼山去了。）忽然傳來一串銀鈴似的笑聲，轉過臉去一看，後邊坐著一男一女。那女的長得相當美，聽了男人的耳語，正在格格作笑。（冼彩玲也喜歡發笑。）

巴士停了，原來已抵總站。亞洪下車，前邊有個遊樂場。（很久沒有到這個地方來了，應該走進去看看。）懷著興奮的心情，掏錢買門票。走進大門，一眼就見到旋轉中的木馬。幾隻彩色的木馬上，坐著幾個好奇而又興奮得格格作笑的兒童。（小時候，我也喜歡騎旋轉木馬。）現在，亞洪不再是個小孩子了，進入遊樂場，當然不會走去乘坐摩天輪。那種刺激，對他來說，已經不是刺激。他要尋找的，是另一種刺激。這地方的遊客相當多，也許是週末的關係。不過，大多數喜歡逛遊藝場的人總喜歡捕捉夜晚的情趣。（不妨試試運氣吧。也許用一毫子可以贏得一包香菸。）走到那個亭子前面，掏出一毫子，擲在瓷磚上，不中。（這不應該是一件很困難的事。）然後又掏出一毫子，擲在瓷磚上，不中。亞洪相當執拗，明知貪小會失大，竟一毫又一毫地擲在瓷磚上。（奇怪，我怎會一次也擲不中的？這不應該是一件很困難的事，我怎會一次也不中？）輸去一包香菸的錢，卻連一根香菸也得不到。他知道他是贏不到一包香菸的，卻固執地不肯接受失敗。探手口袋，只賸一塊錢。（不行。不能再擲了。繼續擲下去，可能連回家的車費也沒有。）睜大眼睛，呆呆地望著那些瓷磚，彷彿那些瓷磚全是他的敵人，恨不得揮拳將它打碎。（這不應該是一件很困難的事情。）站在他旁邊的一個中年男人忽然驚叫起來。那中年男人贏到一包香菸。（這不是完全沒有可能的。那人只花了一毫子，就贏到一包香菸。但是我……）他的手，緊緊抓住那枚鎳幣；但是，他沒有將那枚鎳幣拿出來。他沒有膽量再擲。（我真蠢。既然不需要香菸，為甚麼將錢送在這個檔口。就算給我贏到香菸了，又有何用？）他走去別處。

有一個擲瓶子的攤位。擲中了瓶子，可以贏到一包糖。亞洪不想吃糖。（我真蠢。既然不想買香菸，為甚麼將那麼多的毫子擲掉？）

幾個滾球遊戲的攤位前面都擠滿了人。那是幾隻搽著不同顏色的乒乓球，沿著釘板滾下來。如果紅球首先抵達「終點」，押紅球的就可以贏錢。（這種遊戲比擲毫子有趣得多；而且押中的人可以用香菸換現錢。）亞洪身上祇賸一塊錢；當然無意用現錢去換香菸；但是，他想贏幾包香菸去換現錢。（不行。不能再玩。萬一將這一塊錢也輸去的話，就沒有辦法回家了。）有人贏了一大堆香菸。那人將香菸換了現錢，笑嘻嘻地走去餐廳吃東西。亞洪心裏充滿矛盾，望著那些彩色的乒乓球，竟將那枚鎳幣拿了出來。（那個女人穿著藍色的衣服，就押藍色吧。）他在藍色上押了五毫。然後懷著緊張的心情凝視乒乓球沿著釘板滾下。當那粒藍球首先抵達終點時，他興奮得叫了起來。（好了。好了。這一下，終於將剛才擲掉的錢贏回來了。）他的運氣不壞，在那個攤位前面玩了半個鐘頭左右，贏了七八塊錢。他不敢再玩，留著這七八塊錢，慢慢享受。他想喝汽水，走去劇場旁的士多買了一瓶，坐在藤椅上。當他喝汽水時，他又想起冼彩玲。（搶劫案實在太多。如果沒有錢的人個個拿了刀子走出去搶的話，這個社會還會安寧嗎？）將汽水瓶往桌面一放，點上一枝菸。（不，絕對不能搶劫，人是有理性的動物，絕不能生活得像野獸一樣。香港是一個文明社會，不是原始叢林。）拿起汽水瓶，吸飲。（怎麼辦？沒有錢，就沒有辦法陪冼彩玲到大嶼山去了。）將一瓶汽水喝光後，繼續坐在藤椅上。他喜歡遊樂場的氣氛。當他坐在遊樂場裏的時候，心境就不像剛才那樣沉重。（其實，到大嶼山去，也不一定要花太多的錢。今晚回到家裏，無論如何要阿媽設法拿三十塊錢給我，問題不就解決了。）他的視線落在那個玩「碰碰車」的場子上。（總之，搶劫是不對的。這些日子，搶劫案子這樣多，已危害到整個社會的安寧了。）

為了追尋童年的情趣，亞洪走去玩「碰碰車」，有一個長頭髮少女也在玩「碰碰車」。（大概是工廠妹。）亞洪不止一次將「車子」撞向那少女的車子。那少女不但不生氣；反而格格笑了起來。（十三點[4]！）亞洪並不喜歡那少女；因為那少女長得一點也不美。（不過，這「碰碰車」場裏要是沒有這樣的十三點，當然是一件非常乏味的事。）幾日來，為了錢的問題，他的心情一直沉重，從沒有像此刻這樣輕鬆過。（早就應該到遊樂場來了。我應該帶洗彩玲到這裏來玩幾個鐘頭。其實，大嶼山有甚麼好玩。天氣好的時候，曬得人頭昏腦脹；落雨的時候，前往「寶蓮寺」的那條山路，相當危險。……）「碰」的一聲，亞洪的思路頓時中斷。原來他不撞「十三點」；那「十三點」卻將「車子」狠狠撞了他一下。（這個十三點，居然跟我開玩笑了。好，給她一點顏色看看！）想到這裏，後邊傳來一串銀鈴似的笑聲。亞洪當即將「車子」掉頭，咬緊牙關，向「十三點」撞去。「十三點」渾身震盪一下，覺得很有趣，竟縱聲大笑。（真是十三點。）亞洪不認識那少女；那少女也不認識亞洪；但是他們卻在「碰碰車」場中將車子當作一種遊戲的工具，因此得到樂趣。

玩過「碰碰車」，亞洪雙手插入衣袋，閒散無聊地朝動物園走去。他並不想看動物；但是總得有個去處。

有人喚他。轉過臉去一看，原來是那個「十三點」。（這是怎麼一回事？）他站定，等「十三點」走過來。「十三點」身上，穿著一襲很短很短的迷你裙，走過來時，臉上堆著諂媚的笑容。（這個女人，真是一個十三點！我又不認識她，她何必笑成這個模樣？）當「十三點」站在亞洪面前時，亞洪圓睜雙目，對她投以詢問的凝視。

「有空嗎？」她問。

他們走進一家茶餐廳。

在卡位中坐定，各自向伙計要了飲料。亞洪這才獲得仔細端詳「十三點」的機會。「十三點」張開嘴巴，笑得眼鼻皺在一起。**（大蒜鼻，加上兩隻金牙，真倒胃口。）**「十三點」雖然搽著相當多的脂粉，依舊不能掩蓋皮膚的粗糙。她的皮膚，像極了潮州柑。**（奇怪，剛才在碰碰車場時，還不覺得她難看；現在，跟她在一起，連多看一眼的勇氣也沒有了。）**

「你叫甚麼名字？」她問。

「我叫亞洪。」亞洪並不問她叫甚麼名字，她卻用嬌滴滴的語調說出這麼一句：

「我叫亞嬌。」

（這樣難看的女人，還叫亞嬌。）

伙計端飲料來。亞洪喝了一口咖啡，抬起頭，望望亞嬌，發現亞嬌依舊笑得很纏綿。**（為甚麼要鑲金牙？）**亞洪不敢多看，低下頭去將視線落在別處。**（如果她長得不這樣難看的話，事情就相當有趣了。）**但是現在，亞洪祇想將一杯咖啡喝盡後，埋單。

「你很像一個人，」她沒頭沒腦說了這麼一句。

4 十三點，上海方言，多用作取笑或不傷感情的罵人話，詞義大抵是怪裡怪氣，傻頭傻腦的。

「像誰？」亞洪有點好奇。

「像電影明星柯俊雄。」

「你一定很喜歡看柯俊雄主演的電影。」

「你講得一點也不錯，我最喜歡看柯俊雄做戲。祇要他主演的片子，我都看。有時候，還不止看一遍。……」

（真是十三點）亞洪越聽越不是滋味，舉起杯子，將杯中的咖啡喝盡，吩咐伙計埋單。

「埋單？」亞嬌尖著聲音嚷起來，「我們剛坐定，怎麼就要走了？」

「我……我另外還有約會，」亞洪說。

「約會？甚麼約會？」亞嬌臉上出現過分嚴肅的表情。

亞洪並不答覆她的問話，祇是等伙計走過來。那亞嬌仍在嘮嘮叨叨說些甚麼，但是亞洪全不感到興趣。**（這個十三點，真討厭！）**付過錢，疾步走出茶餐廳，疾步走出大門，彷彿逃避魔鬼的追逐，直到進入巴士的車廂時，才釋然舒口氣。

08

回到家裏，客廳的茶几上放著一份晚報。這晚報是包租人定的。（報紙上不知道會不會有搶劫的新聞。）拿起報紙，翻到「港聞版」。一個著名的電影女明星深夜回家，在電梯被人劫去一隻鑽戒，價值八千元。（八千元！這個電影女明星也未免太大意了，明知這些日子到處都有搶劫事件發生，為甚麼還要戴這樣貴重的飾物？）接著，看到另一則搶劫新聞：一個中年婦人在上樓時遭受截劫，因為不甘損失手錶；被劫匪用刀子割破手臂！（太殘忍了！搶東西就搶東西，為甚麼用刀子割破別人的手臂？）接著，他看到第三則搶劫新聞：一個中年婦人在渡輪碼頭附近，被一個持刀的阿飛搶去手袋。這件事情發生在白天。（不像話！太不像話！到處是搶劫：電梯裏、樓梯上，甚至渡海碼頭，都有人搶劫！搶劫事件實在太多！這些搶劫案，因為事主不甘損失，才走去警署報案的。凡是報案的搶劫事件，就會被報紙當作新聞刊出。其實，在港九兩地，每天不知道有多少宗搶劫案發生。大部分事主受到錢財上的損失後，祇要不受傷，都會將它當作事實來容忍，不去報案。不報案的搶劫事件，報館方面是不容易知道的。所以，每天報紙上看到的搶劫案與實際搶劫案的數字有極大的距離。）

母親從廚房走出。「你回來啦？」她說。亞洪將晚報放下，走入房內。母親一邊用抹布拭枱，一邊對他說：「快吃晚飯了。」亞洪的腦子已被那些思念占據，儘管母親的話講得相當大聲，他卻沒有留下深刻的印象。（東也搶，西也搶，這個社會還像甚麼社會？那些貪吃懶做的阿飛們，需要用錢時，拿一把刀子走到外邊去搶。要是繼續這樣下去的話，這個地方還有安寧的日子嗎？不說別人，單是我自己，不是也吃過兩次虧了？尤其是今午的事，那幾個阿飛簡直一點理性也沒有。）

點上一枝菸，心亂似麻。（不能出去搶。如果我也走出去搶劫的話，香港還會有安寧的日子嗎？）一連吸了幾口菸，好像要從菸葉中吸出甚麼似的。（我雖然需要錢用，可不能拿了刀子走出去搶！這是不對的。這是犯法行為。）

有人撳門鈴。稍些片刻，道友超笑嘻嘻地走了進來。（看樣子，一定在麻雀館贏了錢。）

「今晚用不到你去了，」他說。

亞洪低著頭，視線落在地板上，懶得開口。道友超精神特別好，完全不像一個剛受過傷的人。

「搶劫案越來越多，」道友超說，「剛才在麻雀館打牌時，聽到很多新聞。旺角區有兩個阿飛勒索小學生；西環一幢大廈的梯間又發生搶劫案；一家首飾店遭兩名匪徒洗劫；尖沙嘴一幢大廈的電梯裏有個女人被人搶去手錶與手袋……」

亞洪繼續低著頭，凝視地板。道友超講了一大堆，他卻一句沒有聽入耳。道友超加強語氣說：

「風濕祥說：尖沙嘴劫匪特別多，除了『箍頸黨』之外，還有『貼口黨』。這樣下去，做大廈管理員也不容易了。我應該要求管理處加人工！」

道友超望望亞洪，用不耐煩的口氣問：

「為甚麼不開口？」

「沒有甚麼話好講，」亞洪答。

道友超扁扁嘴，點上一枝香菸。這時候，母親端飯菜進來了。當他們吃飯時，道友超嘮嘮叨叨地將剛才講給亞洪聽的話重新講一遍。亞洪的母親對搶劫事件最不關心；不過，當她聽說道友超有意向大廈管理處要求加薪時，就點點頭說：

「這是應該的。」

吃晚飯時，亞洪仍在想著錢的問題。（搶劫是不對的。阿爸好像贏了錢，我何不向他拿一點。祇要他肯拿給我，今晚就用不著走去做犯法的事情了。）

「阿爸，拿三十塊給我，」他說。

經亞洪嘴裏說出來的一個「錢」字，有如鎗中射出的子彈，擊中了道友超的心。道友超的臉色頓時轉白，用驚惶不安的目光望著亞洪。

「我哪來這麼多的錢？」他說。

亞洪一向對父親沒有甚麼好感，見父親忽然擺出一副嚴肅的神情，不由怒氣往上沖，竟說了這麼一句坦率的話語：

「你有錢走去麻雀館打牌！」

這句話，就道友超的感覺來說，比那個「錢」字更可怕。剛才，他還能保持應有的安詳；現在，聽了這句話，彷彿被兒子摑了一巴掌似的，心內起了一陣憤怒的浪潮。

「死鬼！我走去麻雀館打牌，是我的事，用得著你來管！」他咆哮如雷。

亞洪的母親辨出語氣中的火藥味，唯恐他們父子兩人吵起來，連忙用解勸似的語氣說：「吃飯，吃飯，吵甚麼？」

可是亞洪的怒氣已像火燄般地燃燒起來了，說話時，聲音很響，唾沫星子亂噴：

「你有錢拿去麻雀館賭，就不知道挑起這個家的擔子！」

道友超的臉色比剛才更加慘白了，兩眼一瞪，用狗吠似的嗓子嚷：

「死鬼！我養得你這麼大，你……你竟敢對我講這種話——」

「怎麼樣？我沒有講錯吧，」亞洪不甘示弱。

「死鬼！你……你越講越不像話了！我……」道友超氣得連頰肉也在痙攣地抽搐。

亞洪的母親見此情形，急得好像短襯褲裏有螞蟻在爬，抖聲說了這麼一句：

「不要吵，好不好？」

但是，道友超好像完全沒有聽到她的勸告似的，圓睜雙目，說出來的話，每一個字像一枚飛箭：

「我非好好教訓你一頓不可！」

亞洪非常生氣了，咬牙切齒，睜大眼睛凝視父親，前額有蚯蚓般的青筋凸起，感情有如點上引線的炸彈，隨時都會爆炸。（**你也配對我講這樣的話？**）氣氛很緊張，使亞洪的母親急得渾身發抖，在這種情況中，她必須在這個時候說幾句勸解他們的話語了。但是，話語沒有說出口，亞洪竟毫不考慮後果地問父親：

「你要怎樣教訓我？」

這簡短的一句話，大大地損害了道友超的自尊。道友超舉起手，啪！摑了亞洪一記耳光。

亞洪憤然用臂揮去面前的飯碗，霍的站起，繞過飯桌，伸出手去，一把捉住父親的衣領，準備擊打父親。這一個動作，不但使母親大吃一驚；連道友超也感到意外。

「亞洪！」

母親尖聲慘叫起來。亞洪聽到母親的叫聲，在出拳前，理智忽然有了短暫的清醒。就在他遲疑的時候，母親已用自己的身子擋住道友超。

「不能這樣！」母親的眼眶裏擒著晶瑩的淚水。

亞洪雖在盛怒中，見到母親流淚，狠狠白了父親一眼，悻悻然朝外急走。

當他關上大門時，還聽到母親抖聲喚叫「亞洪！亞洪！」他只裝沒有聽到，加快腳步走去電梯口，彷彿有甚麼邪惡的力量在追逐他。（要不是阿媽阻攔，非將他打個半死不可。他只知道賭錢，家裏的事全部交給阿媽一個人去做。阿媽做得像牛馬，他卻一直過著老太爺的生活。他……他是甚麼東西。居然打我。）電梯門啟開，他板著面孔走進去。電梯裏邊祇有兩個小孩子。（這口氣，到甚麼地方去消？剛才，應該打他幾拳的。）亞洪低下頭去望望兩個小孩子，那兩個小孩子睜著眼睛望著他。（這兩個孩子長得很相似，一定是兩兄弟。他們的五官都很端正；只是身上的衣服太骯髒。難道他們的父親也是一個爛賭鬼？）電梯降到底層，亞洪大踏步走出大廈。

09

沿著人行道朝前走去，人很多。鄰近有一家電影院剛散場。（他居然動手打我了。）想到剛才的情景，臉頰立刻起了一陣熱辣辣的感覺。（他太不講理了。剛才，要是阿媽不阻攔的話，我**非打他幾拳不可。**）有人踩了亞洪一腳，亞洪有氣無處出，轉過臉去，粗聲粗氣問：

「走路怎麼這樣不小心？」

那人身材魁梧，滿臉橫肉，聽了亞洪的責問，立刻擺出一面孔不好惹的神情，圓睜怒目，對亞洪投以凶惡的凝視。

「你踏了我一腳！」亞洪的語氣已不像剛才那樣難聽了。

「這麼多的人擠在一起，踏到你，也算不了甚麼！」那人說。

亞洪彷彿受了甚麼委屈似的，恨不得捉住他一陣子揍打；但是，他沒有這樣做。他祇是狠狠地望著那人。那人嗤鼻哼了一聲，加快腳步，在人群中朝前走去。亞洪很生氣，吐口唾沫在地上。**（這個傢伙真不講理，踩了我一腳，還這樣凶惡。）**這時候，亞洪發現自己的手早已塞入衣袋，此刻正在緊緊地握著那把刀。（幸虧剛才還能保持理智的清醒，要不然，可能會弄出人命來。）想到這裏：心頭忽然感到重壓，幾乎連氣也透不轉。手鬆了，彷彿那把刀是毒蛇似的，不敢再抓。但是走了一段路之後，想法又不同。（冼彩玲要我買那麼多的東西，沒有錢，拿甚麼去買？）這個問題，使他困擾得無法獲得片刻的寧靜。（必須搶，不搶，不能解決問題。）不自覺地將腳步加快了。走到巴士站，有一輛巴士停在那裏，上車。（到甚麼地方去？）他自己也不知道要到甚麼地方去。售票員走過來，他掏出兩毫子購買車票。（現在走去半山的話，未免太早了一些。那些情侶們不會那麼早走去拍拖的。再說，太早搶劫，有可能會受到途人的干涉，不易得手。）

巴士駛到中環，亞洪下車。（不能太早去做這件事。）新填地的「平民夜總會」黑壓壓的擠滿了人，很熱鬧。亞洪踱步走到裏邊，一派悠閒的神情。其實，他的情緒卻緊張得很。他必須用刀子去搶劫了；但在未做這件事之前，兩股相反的力量一直在他內心中交戰。他需要錢用；而良知告訴他：這種做法是不對的。（如果有人肯借五十元給我，就用不著去搶了。）他想起了肥勝之類的朋友；不過，他知道這些朋友是不會幫助他解決困難的。（目前，除了搶，沒有第二個辦法。我必須拿出勇氣來。我要是不去搶的話，明天就不能陪冼彩玲到大嶼山了。冼彩玲很美；而且對我相當有好感。我既然沒有別的女朋友，就該設法討好冼彩玲。）繼續在「平民夜總會」兜來兜去。他有太多的時間需要浪費。（冼彩玲有不少男朋友。如果不設法討好她的話，她是不會與我接近的。）

走出「平民夜總會」，漫無目的地朝德輔道中走去。（**夜晚的中環總是這樣冷清清的。**）電燈很多，行人相當少。（**照這種情形看來，半山區一定更冷清。我應該走去半山尋找搶劫的對象。**）情緒再一次緊張起來，走去巴士站，等候前往半山區的巴士。（**何必這樣緊張？別人都在搶。也許事情比我的想像簡單得多。也許我找到的對象是一個膽量很小的人。也許拔出刀子時，他就乖乖地將錢拿給我了。**）巴士來了。亞洪以極其敏捷的動作跳上去。巴士裏的乘客不多。（**雖然時間還早，半山區一定相當岑寂了。**）亞洪睜大眼睛望著車窗外的街景，看到了許多電燈。平時，對電燈一向很有好感；但是現在，他卻討厭燈光了。想做壞事的人，喜歡讓黑暗孕育膽量。

下車。亞洪東張西望。（**這是甚麼地方？**）展現在眼前的一切，都不熟悉。（**這地方好像沒有來過。這地方很清靜。看樣子，不會沒有情侶在這裏拍拖。**）亞洪沿著公路朝前走去。公路的一邊，是山，山上有房屋；公路的另一邊是陡坡，坡上有蓊鬱的樹木。不過，這一帶的公路，兩邊冷清清的，既無新屋；也無舊樓。（**像這樣清靜的地方，並不多。這是情侶們談情說愛的好地方。**）亞洪的右手不自覺地伸入衣袋，緊緊握住那把彈簧刀。情緒頓時緊張起來，心似打鼓。（**今晚必須搶到一些錢。**）躡手躡足朝前走去，兩隻眼睛睜得比桂圓還大，有如兩盞探照燈，射來射去。照理，在這地方行走，當然不是一種違法的行為；但是，亞洪存了這份心，彷彿已經做了犯法的事，既恐懼，又惶急。（**搶錢就是搶錢，目的只在一個「錢」字，絕對不能傷人。**）他一邊告誡自己；一邊賊頭賊腦地細察陡坡上的樹木。這種情形，像極了小偷從窗口翻入別人的屋裏，希望能夠找到值錢的東西。（這地方光線太弱，黑黝黝的，即使有人，也看不清。）轉念一想，又想出一個道理來了。（如果這地方不是那樣黑黝黝的，誰願意到這裏來談情說愛？）繼續朝前走了一陣，依舊見不到談情說愛的男女。（我必須走下斜坡去看看。）這斜坡雖陡，借力附近的樹幹，是不會跌下去的。當他走下斜坡時，雖然不易保持身子的平衡，倒也不會有跌下去的危險。他找到一塊石頭。這塊石頭位於大樹旁，有如椅子。亞洪並不需要休息，不過，既然找到這樣一塊石頭，就坐了下來。（這真是談情說愛的好地方。在這裏做甚麼事情也不會被人見到。）睜大眼睛察看，希望能在樹木中見到正在談情的男女。（這地方實在太好了，適宜談情；也適宜打劫。）他將彈簧摺合刀從衣袋取出。

在黑暗中，膽子大了起來。如果這時候能夠找到一個人或一對情侶的話，他會毫不躊躇地用刀子去威脅，將錢搶過來。但是，這裏沒有談情說愛的人。（不會沒有的。這地方既然適宜談情說愛，一定會有人走來談情說愛。）遊目四矚，靜悄悄的，祇見樹木。（奇怪。那些談情說愛的男女走去甚麼地方了？）這時候，忽然吹來一陣勁風，樹叢在風中搖擺，發出悉悉聲。亞洪忍不住打了一個寒噤，心裏虛怯起來。（還是回上公路去吧。）雖然有了這樣的想法，卻沒有回上去。（要搶，這是最理想的地方。）風勢轉弱。樹木不再發出悉悉聲。（也許那些男女不在這裏。）他用手捉住樹幹，小心翼翼，繼續從林中走去。（一定可以找到一對情侶的。這又不是下雨的日子，談情說愛的人怎會不到這裏來？）繼續朝前走去，視線落在地上。由於將注意力全都集中在泥土上，頭部撞到一件物體時，不免吃了一驚。（**甚麼東西？**）抬起頭來一看，竟是一具屍體。亞洪不是一個膽量很小的人；但在這種環境中見到一具懸掛在樹上的屍體，當然會腿軟。（**這具屍體，像隻臘鴨，看樣子，掛在樹上已有好多天了。**）想到這裏，亞洪再也沒有勇氣朝前走了。當他從過分的驚惶中恢復過來時，他將彈簧刀塞入衣袋，伸展雙手，抓住每一棵可抓到的樹，慌慌張張加快腳步。（**這真是一件意想不到的事情。可怕極了。**）走上公路，緊張的情緒才鬆弛下來。迎面駛來一輛汽車，車頭燈照得他睜不開眼。這地方過路的汽車並不多。這一輛車子的燈光將他心中的恐懼消除了。他已恢復理智的清醒。（**現在，我終於明白了。這地方沒有人談情說愛，可能與那具屍體有關。誰願意到那種恐怖的地方去談情。**）

繼續沿著公路朝前走去，心跳仍未恢復正常的節拍。那具吊在樹上的屍體使他留下一個極其深刻的印象，一時無法克服內心的恐懼。他沒有見過鬼，所以不相信有鬼。但是剛才那個死人，使他嚇得連腿彎也發軟。（**回去吧。**）為了克服內心的恐懼，他已沒有勇氣繼續留在這裏。（**不行。沒有搶到錢，不能回去。我要買那麼多的東西，必須搶些錢來。**）抬起頭，望望上邊，山上有房屋；然後轉過臉去，望望下邊，山下也有房屋。（**要搶，這是最理想的所在。剛才雖然見到一個死人；也用不到害怕成這個樣子。**）繼續朝前走去，腿彎仍在發抖。（**這樣軟弱，根本沒有資格打劫。**）他有點惱怒了。（**真沒有用！**）憤怒產生力量，終於將內心中的恐懼驅走。（**必須搶到一些錢！**）

緊閉著的嘴唇收縮了。眼睛睜得大大的，像黑暗的貓眼一樣，閃著深邃的光芒。他臉上呈露著一種過分嚴肅的表情。這種表情，顯示他已下了極大的決心。

公路上，來往的車輛不多。偶而有車輛疾馳而過，亞洪總會自然而然偏過臉去望望。（這地方如此清靜，一定有人駕著汽車到這裏來談情說愛。）亞洪知道：駕車到郊外去遊車河，是有錢人勾引女子的一種方法。（既然樹林中沒有情侶，不如注意一下汽車。駕車到郊區來談情的人，不會沒有錢。打劫泊車談情的男女，一定不會搶不到錢。）想到這一點，腳步不自覺地加快。

走到「避車處」，空落落的，沒有一輛汽車。（不如坐在這裏休息一下。）公路邊有一塊大石，亞洪一屁股坐在上面。（這地方的環境實在優美。為甚麼沒有情侶走到這裏來談情說愛。今後要是有機會的話，一定帶冼彩玲到這裏來。）然後他又想起了那具屍體。（那人為甚麼自殺？失戀？還是貧窮？）想到一個「窮」字，渾身雞皮疙瘩盡起。（我應該打電話通知警方，叫他們將那具屍體收去。）

坐在大石上，用疑慮的目光望著前邊，遠處有許多高樓大廈，無論山上山下，都是一幢幢的大廈。（那些大廈裏，不知道已有多少搶劫事件發生。但是，我卻走到這裏來了。這裏沒有談情說愛的情侶；祇有一具掛在樹上的屍體。我應該打電話通知警方。）這時候，平地颳起一陣狂風，樹叢再一次在搖擺時發出悉悉聲。（也許會落雨。）抬頭望天，天上黑壓壓的布滿烏雲。

（這裏沒有地方可以借打電話。）風勢轉大。（走吧，要是落大雨的話，這裏沒有躲雨的地方。）站起身，朝前走去，打算到前邊巴士站去搭車。（我真蠢，別人在高樓大廈裏搶劫，我卻走到這裏來。）走下山坡，見到前面山邊停著一輛黑色的私家車，站定，睜大眼睛遠望。雖然光線暗淡，仍能見到車廂裏坐著兩個人。那兩個人好像在談心。也好像在接吻。（這是一個好機會，必須緊緊抓住。）情緒頓時緊張起來，不自覺地探手衣袋，將那把鋒利的彈簧摺合刀拿了出來。這時，風勢轉弱了，沒有落雨。亞洪唯恐引起對方的注意，躡手躡足走過去，彷彿小偷潛入別人的屋裏。

走到距離那輛汽車約莫兩百碼的地方，站定，身子緊貼山壁，不敢繼續朝前走去。（必須小心些。要是事先沒有周密的考慮，不但搶不到錢，可能會受傷。我手上祇有一把刀，除了一把刀，再也沒有別的武器。萬一車廂裏的男子學過空手道或者身上有手槍的話，我就會吃虧。）想到這裏，信心打了一個折扣。（但是，這是事先無法知道的。我既然要打劫，總不能不冒險。）手指在刀柄上一按，亮晃晃的刀子彈了出來。（明天，我要陪冼彩玲到大嶼山去，不能不搶錢。）他的大腿又移動了；走了五十步左右，站定。（他們坐在車廂裏，我在車廂外邊。這種情形，比在電梯裏搶劫，困難得多。）

太多的疑慮有如陰影，覆蓋在心頭，使他失去應有的鎮定，連頰肉也在痙攣地抽搐。（不行。這樣做法，成功的希望不大。他們兩個人，我一個人，萬一他們不肯將錢交給我，我未必有辦法制服他們。）越想越煩，視線落在車廂裏，已能看清那對男女正在接吻。（不能亂來。萬一那人身上有鎗，怎麼辦？）恐懼與顧慮有如熊熊燃燒的火燄，使他渾身發熱。他搖搖頭，企圖憑藉這個動作將賸餘的力量集中起來。（鎮定些。如果沒有勇氣做這件事的話，乾脆掉轉身，走回頭。）雖然有了這樣的想法，依舊呆呆地站在那裏。很靜。他不敢邁步朝那輛汽車走去。就在這時候，一輛巴士來了。巴士在這靜靜的公路上疾馳，發出很響的聲音。亞洪這才似夢初醒地望望巴士，眼睛被車頭燈的光芒刺得睜不開，不得不用手擋住燈光的侵襲。巴士駛過後，他比剛才更加恐懼。（糟糕，我手裏拿著刀，給巴士的車頭燈照射時，一定被那對男女見到了。他們見我手裏拿著刀，即使不能確定我會搶劫他們，最低限度，也會因此提高警覺。如果他們對我有一點懷疑的話，我就不能做這件事了。）他將身子緊貼山壁，手裏依舊拿著彈簧刀。（問題實在太多，還是回去吧。前幾天，報紙還刊出一則新聞，說是有個阿飛在路邊打劫，事主是個休班警察，拔出手鎗將那個阿飛射傷了。這不是想做就可以做的事情。為了一點小錢，送掉一條命，那就太不值得了。）他將彈簧刀的刀子摺攏，掉轉身，走回頭去。走了幾步，站定。（我怎麼這樣膽小？別人都在搶，我為甚麼不搶？明天，冼彩玲要我陪她到大嶼山去，我要是搶不到錢的話，這個約會祇好取消了。冼彩玲是個美麗的女人，要是這一次的約會取消的話，以後想約她，她也不會理睬我了。）掉轉身，睜大眼睛望望車廂裏的那一對男女。

矛盾的想法，使他徬徨無主。需要錢用，卻沒有勇氣去搶。他甚至憎恨自己。（錢在別人衣袋裏，不搶，當然拿不到。）有一輛私家車迎面駛來，照得他睜不開眼，使他頓時虛怯起來。（怕甚麼？我為甚麼這樣害怕？）車子過去後，這地方又黑了下來。亞洪左盼右顧，見到那些蓊鬱的樹林，也會產生不必要的怯懦，彷彿樹木中有人睜大眼睛在偷窺他。（沒理由怕成這個樣子。既然走到這裏來了，就該拿出勇氣去搶。那個傢伙，不一定是個有膽量的人。如果這猜測不錯的話，事情很容易就可完成。大凡膽小的人，總不肯冒險的，祇要見到亮晃晃的刀子，就會將錢拿出來。……）這樣想時，兩條腿不自覺地挪動了。起先，由於情緒過分緊張，連自己正在朝那輛私家車走去也不知道；後來，聽到鞋底與路面摩擦的聲音，才驚惶失措地站定了。現在，他距離那輛私家車約莫五十碼左右。他不敢再朝前走去。他已能清楚見到那一對男女在車廂裏的動靜。他們仍在接吻。（這是一個機會。）他繼續用疑慮的目光。望著前面。（既然是車主，身上不會沒有錢，尤其是與女人在一起。）挪開腳步，不自覺地朝那輛汽車慢慢走過去。（男人與女人在一起的時候，身上不會不帶錢。此刻，我在這裏想搶別人的錢，還不是為了明天的約會。如果今晚搶不到錢的話，明天就無法陪冼彩玲到大嶼山去了。）想到冼彩玲時，腳步自然而然地加快。（其實，這是用不到害怕的事。除非不想搶別人的錢財；否則就不能怯懦。一個膽小的人，只可以被人搶，無資格搶別人。）他又站定了。這時候，距離那輛私家車不過三十碼左右。那車廂裏的男女並不在接吻，只是親暱地偎在一起。（那男的一定在對女的說些甜得像蜜糖一般的話了。）

亞洪朝前走去時，心內的虛怯與時俱增。（既然存心要搶別人的錢，不能不拿點勇氣出來。）當他一步一步接近那輛私家車時，他一直這樣鼓勵著自己。（有了錢，明天就可以陪冼彩玲到大嶼山去了。冼彩玲很美，發笑時，左頰的酒窩真迷人。）繼續朝前走了幾步，再一次站定，慌亂無主地左顧右盼。這種突如其來的驚惶是由笑聲而生的。笑聲來自車廂，證明他與那輛汽車之間的距離已大大的縮短。依照他的估計，不過十幾碼，這種估計，使他驚惶得像見到了一條毒蛇似的。

又有一輛巴士疾馳而來。車頭燈將鄰近的地區照得雪亮。亞洪做賊心虛，見到強烈的光芒，忙不迭走去山壁躲避。心似打鼓，卜通卜通一陣子亂跳。（他們會不會見到我？）這樣想時，巴士已過。這地區復歸黑暗，亞洪的膽量因黑暗而大了起來。（其實，就算給他們見到，也用不到害怕。這是公路，誰都可以行走。）望望那輛私家車，那對男女又在接吻了。當他們接吻時，他們不會顧到車廂以外的事情。想搶，這是最好的機會。再一次，從衣袋裏拿出那把彈簧刀。（給他們一個措手不及，他們一定會將錢拿給我的。他們身上攜帶的錢，絕不會少。我只要用刀子指著那男子，吩咐他們交出皮夾與手袋，說不定就可以搶到一兩千。）手指在刀柄上一按，鋒利的刀子再一次彈出。（還有，他們手上的手錶，他們既是上流社會中的人，當然不會佩戴廉價手錶。）越想越興奮，再一次挪開腳步，小心翼翼的朝前走去。（慢著。）他站定了。（他們是兩個人，我祇有一個。單憑這一把彈簧刀，是否可以達到目的，實屬疑問。那女子可能膽小，但是那個男人，如果他不怕刀子的話，怎麼辦？）他的心跳再一次加速。（不，不能有太多的顧慮，要搶，就該放膽去搶。）

車廂裏的一對男女不在接吻了，祇是面對面，好像在談心。（他們對車廂外邊的事情，全不注意，這種情勢，對我有利。我必須馬上行事，不應浪費時間。）想到這裏，內心中彷彿有火焰在燃燒。這無形的火焰，變成推動力，使他疾步走到那輛私家車邊。

在私家車的旁邊蹲下身子，兩腿彎曲，情緒緊張到極點，血液循環加速，心臟好像要從喉嚨口跳出來了。（不知道有沒有給他們看見？如果他們看見我疾步走過來的話，就無法下手了。這地方幾乎完全沒有行人，我在這裏走來走去，很容易引起他們的注意。）繼續蹲在車邊，好像在等些甚麼；卻又不知道在等些甚麼。這時候，又有一輛車子駛來。車頭燈有如夜總會的泛光燈一般照著他，使他更加慌張。（既已到了這一步，再也不能遲疑了。要搶，就得拿出勇氣來。）這樣想時，身子慢吞吞地直了起來。

膽小似鼠，祇對車廂裏的男女匆匆看了一眼，立刻又蹲下身子。（他們又在接吻了，沒有見到我。）這時候，他的呼吸隨著情緒的緊張而迫促起來。（等甚麼？我還在等甚麼？他們在接吻，正是我下手的好機會，還在等甚麼？這樣膽小，何必走到這裏來？）他將刀柄握得更緊，額角有汗珠流出。（不行。絕對不能太鹵莽。他們是兩個人，我祇有一個。他們要是反抗的話，我未必可以制服他們。）繼續蹲在車邊，眼睛睜得大大的。（我要不要錢用？如果需要錢用的話，就該拿出勇氣去搶。做這種事情，不能有太多的顧慮。）

剛直起身子，公路上又有車子疾馳而來。車頭燈的光芒，使他不得不驚惶失措地蹲下身子。（糟糕！他們不在接吻。他們在談心。剛才，我直起身子時，那女的是面對著我的。她不會看不見我。糟糕！我不能再蹲在這裏了，必須趕快逃走，免得被他們抓到。）

他沒有逃走。

他依舊蹲在車邊。

另一個思念使他的膽量又壯了起來。（她一定沒有見到我。要不然，他們不會不下車來觀看究竟的。這一對男女，祇知道談情說愛，對車廂以外的事情，全不理會。）蹲在車邊，繼續聚積勇氣。（他們既然集中精神在談情說愛，我就該趁他們不備，來一個突襲。）想到這裏，橫橫心，再一次直起身子。

車廂裏的兩個人仍在接吻。（這個時候不下手，就沒有機會下手了。）咬咬牙，拉開車門。

車廂裏的男女嚇了一大跳。

那男的轉過身來時，亞洪將刀尖刺在他的胸口。

「不許動！」他說，「你要是動一動，我就將你一刀刺死！」那男的睜大一對受驚的眼，說話時，聲音有點抖：「你要甚麼？」亞洪見對方臉上呈露了慌張的神情，膽量也就壯了起來。「將皮夾交給我！」他粗聲粗氣說。

那男的祇是目瞪口呆地看著他，沒有將皮夾拿出來。

亞洪用刀尖適度地刺了一下，雖沒有刺入對方的皮肉，倒也頗具威脅。

那男的依舊一動不動地坐在那裏，既不開口；也不拿皮夾。

亞洪厲聲咆哮：「你是不是想死！」

那女的對那男的說：「拿給他吧。」

那男的依舊呆呆地望著亞洪。

亞洪再一次將刀尖朝前刺去。這一次，依舊沒有刺入對方的皮肉；不過，刀尖顯已刺破衣服。

「拿出來！」亞洪聲似裂帛，「再不拿出來，就將你一刀刺死！」

那男的依舊睜大眼睛望著亞洪，不開口，也不將皮夾拿出來。坐在他旁邊的女人唯恐發生意外事件，一再聳恿他將皮夾拿給亞洪。

「拿出來吧！」女人說。

亞洪咆哮如雷：「拿出來！」說著，將刀子朝前一刺。那男人身子往後一欠，好像貓叫似的嚷了起來：

「我拿給你！」

將皮夾拿了出來，交給亞洪。亞洪見他並無反抗之意，得寸進尺，要他將手錶也脫下；然後憤然將女人的手袋與手錶也搶過來。

搶到東西後，砰的一聲關上車門；一邊將手錶塞入衣袋，一邊疾步奔跑。

跑到巴士站，見後面有一輛巴士駛來，站定，企圖搭乘巴士回市區。他的呼吸非常迫促，必須將嘴巴張得大大的。他以為巴士到站一定會停；殊不知那司機好像根本沒有見到他似的，將巴士繼續朝前駛去，不停。（這傢伙難道盲了不成，怎麼可以到站不停？）回頭望望，不見有人追來，緊張的情緒也就鬆弛了一些。（那男人是個膽小鬼，見到一把彈簧刀，就怕成那個樣子。）搭不到巴士，祇好繼續朝前走去。這一次；他沒有奔跑，因為呼吸依舊很迫促。（不知道皮夾裏有多少錢？那男人既然帶女人出來遊車河，身上帶的錢不會太少。）後邊好像有腳步聲傳來，亞洪吃了一驚，連忙轉過身去觀看，一個人也沒有。（心理作用。完全是心理作用。如果他有膽追來的話，也不會將皮夾與手錶交給我了。）雖然有了這樣的想法，還是將腳步加快了。（大凡有錢人都是膽小的。要不然，單憑一把彈簧刀，怎能搶到這麼多的東西？但不知兩隻手錶是甚麼牌子？那女人的手袋有多少錢？）

後邊有一輛汽車疾馳而來。車頭燈將他的影子壓在前面的地上，長長的，像一根木頭。（莫非那人駕著車子追來了？）亞洪疾步奔跑，呼吸越來越急促，後邊傳來車輪輾過路面的聲音，像魔鬼似的追逐他，使他感到最大的恐慌。（那人失去了皮夾與手錶，心猶不甘，駕車追來了。這一次，他一定找到了可以襲擊我的東西，要不然，他不會追來。）這種想法，使他在恐慌中奔得像個短跑家。不過，人的大腿當然無法與機器競賽。那輛汽車，一下子就追到亞洪。亞洪隨即站定，手握刀子，準備與那人搏鬥。但是，汽車並不如他所想像的那樣停了下來；相反，竟像一枝箭般朝前駛去了。（原來不是那個傢伙。）他笑了，笑自己怯懦。（像我這樣膽小的人，居然也會走出來打劫。）迎面有一輛貨車駛來，車頭燈的光芒照在彈簧刀上，使刀子閃閃發光。亞洪將刀子收起，塞入衣袋。（我真膽小。那傢伙要是有膽量追來與我搏鬥的話，剛才也不會將皮夾與手錶乖乖地交給我了。大凡有錢的人，總不肯冒險的。看樣子，他的身材比我更高更大，膽量比我更小。他寧願犧牲一些財物，不敢與我搏鬥。）亞洪繼續朝前走去時，腳步依舊相當快。（那傢伙絕不會追來的。那隻皮夾，那隻手袋，那隻手錶，現在都是屬於我的了。）繼續走了一段路站定，取出那隻皮夾，想點數一下皮夾裏的鈔票。但是，他沒有勇氣這樣做。（必須走得遠些，才比較安全。）有了這樣的想念，腳步走得更快。（不知道那女人的手袋裏放著多少錢？那女人濃妝艷抹，看來並不正經。）又有一輛私家車從後面朝前駛去。剛才，聽到車胎輾過路面的聲音，情緒就緊張起來。現在，他確信那傢伙沒有勇氣與他搏鬥。（其實，即使不正經的女人，手袋裏的錢未必會放得太少。說不定那隻手袋裏放著一兩千現鈔與一兩樣值錢的首飾。）

這一帶的公路，彎彎曲曲，像蛇。亞洪疾步走了一大段，感到乏力，腳步自然而然慢了下來，藉此使迫促的呼吸恢復均勻。（總之，有了這四樣東西，至少可以痛痛快快玩一兩個月了。明天，陪冼彩玲到大嶼山去遊玩，就不妨擺一下闊。……）喜悅，有如火燄一般在他心中燃燒。緊張的情緒隨之鬆弛，腳步更慢。（冼彩玲是喜歡我的。只要我有錢，她就會與我接近。）他的左手依舊提著那隻手袋，重重的。（雖然相當重，不一定裝著太多的錢。女人的手袋總會裝些亂七八糟的東西，譬如說：粉盒、眉筆、記事簿、木梳、甚至剪刀與鋼筆之類。所以，手袋裏邊不一定裝著太多的錢。）他很好奇，急於知道手袋的內容。照理，他應該加快腳步逃得越遠越好；但是過分的好奇，使他做了一件不應該做的事情。就在這時候，他將手袋打開了。一邊行走；一邊察看手袋的內容。誠如他所猜的，手袋裏放著不少零零碎碎的東西，只是不見鈔票。（這是怎麼一回事？）他想走去山邊，憑藉暗淡的光線，仔細察看一下，（手袋裏絕不會沒有錢。）為了求取問題的解答，他竟毫不考慮後果地走去山邊，站定，再一次打開手袋，翻看手袋裏的東西。他找到了一隻黑色的小錢袋，扭開，見到了幾張鈔票，高興得幾乎叫了起來。這個「發現」，增強了他的好奇。他將那男子的皮夾也掏了出來。（皮夾裏的錢，一定比手袋裏的錢更多。）打開皮夾，裏邊果然裝著一疊鈔票。亞洪是個窮光蛋，見到那麼一疊鈔票，能不歡喜若狂？（好了！困難解決了！至少有一個相當長的時期不必為金錢擔憂了！）

將鈔票塞入皮夾時，一輛私家車疾馳而至，停在距離他不遠的地方。他本能地轉過臉去一看，竟是剛才那一對被他搶劫的男女。（糟糕！他們居然想搶回那些錢了！）心中一虛，拔腿便奔。他將兩條大腿搬得像轉動中的車輪。

後邊有腳步聲。（他竟追上來了。）亞洪既已搶到那些錢財，當然不肯被那人搶回去的。（那

傢伙拚命追趕，看樣子，非將這筆錢搶回不可了。）亞洪一邊疾步奔跑；一邊從衣袋裏掏出那把彈簧刀。他甚至用手指在刀柄上一撳，使鋒利的刀子彈了出來。情況非常緊急，再也不能考慮事情的後果。如果那人一定要將那筆錢搶回去的話，他會動用刀子。**（數目相當大，可以解決許多問題，絕對不能讓他搶回去。）**

咬緊牙關，拚命奔跑。後邊的腳步聲越來越近。他想將腳步搬得更快；那兩條大腿卻不受他的指揮，彷彿並不屬於他的。**（怎麼啦？為甚麼不能跑得更快？那傢伙越追越近，我要是不能奔得更快的話，一定會被他追上。）**

轉過臉去觀看，那人距離他不過十呎左右。他還聽到那女人在高聲叫喊：「不！不！不要追！」亞洪更加慌張，手裏緊緊握著那把彈簧刀。呼吸逼促到極點，必須將嘴巴張得大大的。此刻，最重要的事情是：加快腳步。**（必須奔得快些，要不然，給他追到了，免不了一場搏鬥。）**

由於耗損的精力太多，腿彎瘦溜溜的，速度隨著時間慢了下來。相反的，那人的速度卻越來越快了。亞洪從來沒有像此刻那樣焦灼過；但是焦灼的心情不但不會給他任何幫助；反而使他的體力削弱得更快。

後邊的腳步聲越來越響。亞洪不應該在這個時候回頭的，竟回過頭去看他了。就在轉過頭去的時候，右腳踢到石塊，絆跌在地。

當他以極其迅速的手法站起時，那人已捉住他的肩胛。他猛一轉身，不管三七二十一，將刀子朝那人身上刺去。在這種情形下，他再也不能用理智控制自己。

那人身子一欠，使亞洪刺了一個空。亞洪用力過大，因為沒有刺中對方，身子朝前衝去，腳下一路劃著十字，搖搖擺擺，彷彿醉漢似的。

這時候，右邊的小腿抽筋了。（怎麼辦？）一點辦法也沒有。他跌跌撞撞跳到山邊，轉過身來，睜大眼睛狠狠望著那人。他將手裏的刀子握得更緊，企圖用刀子嚇退對方。（這傢伙的身材相當高大，我未必打得過他。）氣氛緊張到極點。那人圓睜怒目，一步又一步地逼近來。（他的手上沒有拿甚麼東西。）亞洪將注意力集中在對方手上。（這傢伙既然不肯罷休，祇好跟他拚個你死我活。）那人忽然站定了，見亞洪縮頭縮腦靠著山壁，以為亞洪失去搏鬥的決心，遂用充滿威脅性的口氣說：

「將那些東西還給我！」亞洪一動不動地站在那裏，抽筋的小腿使他臉上出現痛苦的表情。

亞洪不開口，睜大眼睛望著他。（這傢伙未免將事情看得太簡單了。除非將我打死，要不然，我是怎樣也不會還給他的。）那傢伙再一次咆哮如雷：

「不還給我，非將你打死不可！」

如果可以避免搏鬥的話，亞洪也不想與他搏鬥的。問題是：他的小腿在抽筋，無力奔跑。再一次，他聽到那女人在高聲喊叫：「不！不！不要跟他打！」

望望對方，亞洪心中不免有點虛怯。（他的身材比我高大，我一定不是他的對手。）轉念一想，膽量又壯了起來。（我手裏有刀，他沒有。祇要用刀子將他刺傷，他就沒有氣力與我搏鬥了。）想到這裏，放開嗓子嚷：「不要走近來！我會將你刺死！」

按照亞洪的想法：一個「死」字將會大大地減弱對方的鬥志。

事實與亞洪的想法恰好相反，那傢伙聽了亞洪的話，不但不虛怯，反而粗聲粗氣嚷：

「將那些東西還給我！」

亞洪不開口，祇是圓睜雙目狠狠地望著對方。這時候，小腿已不抽筋了。（看樣子，那傢伙非拿回那些東西不可。）亞洪心跳加速。（在這種情形下，我要是不將那些東西還給他的話，少不免搏鬥一場。）想到這裏，將刀子握得更緊。

那人的視線落在亞洪的右手上。亞洪的右手握著彈簧刀。然後那人的視線落在亞洪的左手上，亞洪的左手依舊拿著那隻手袋。

兩人默默相對了一陣，氣氛非常緊張，像拉緊的弓弦；也像點燃引線的炸彈。

亞洪嚥了一口唾沫。（他手上沒有拿甚麼東西，連一根木棍也沒有。）眼睛不自覺地霎得很快，鼻孔裏發出微弱的絲絲聲。（用不著害怕。）他自我安慰。（他的身材雖然比我高大；但是我手裏有刀。他若衝過來的話，我……）那人有如餓虎一般撲過來。

亞洪用刀子刺他，沒有刺中。那人捉住那隻手袋，企圖將手袋搶回去。

在你爭我奪中，因為雙方用力過大，手袋的帶子終被拉斷。

帶子拉斷後，那人抓了個空。亞洪趁此朝前奔了幾十步，被那人攔腰抱住。身子失去平衡，兩人一同跌倒，扭作一團，在地上滾來滾去。

那人用拳頭在亞洪頭部重重擊了一下。亞洪感到一陣昏眩，眼前出現無數星星。這樣一來，手袋終被那人奪去。

那人仍不罷休，繼續擊打亞洪，企圖將亞洪擊昏後，奪回皮夾與手錶。

亞洪處於下風，咬咬牙，將刀子朝那人身上刺去。

亞洪並非不知道用刀子會弄出人命來的；但在這種情形下，除非不想保存那些搶來的東西；否則，唯有動用刀子。

雖然對方的行動是如此粗野，亞洪絕對無意將他刺死。亞洪只想刺傷對方，藉此削弱對方的體力。

他只想刺他的大腿。可是，刀子刺入對方的皮肉時，亞洪並不知道刺在甚麼地方。

對方只是在極度的驚惶中發出「喲」的一聲，兩臂鬆開。

亞洪趁此施了一個鯉魚打挺之勢，從地上爬了起來，疾步朝前奔跑。

當他奔跑時，後邊傳來一聲尖叫。亞洪一邊奔跑；一邊回過去觀看。那傢伙依舊躺在地上，女人則蹲在他旁邊。（一定是見到了從傷口中流出來的鮮血，那女人才驚叫起來。）亞洪不敢停留，繼續飛步奔跑。這是郊外，來往的車輛雖不少，空的計程車卻不容易遇到。如果他想確保這些財物的話，唯有朝前奔跑。

奔了幾分鐘，小腿又抽筋。沒有辦法，只好坐在路邊休息。（不行。坐在這裏非常危險。如果警方知道那人受了傷，一定會派警車來追趕的。）心中一急，勉強支撐起身子，像跛子似的走入一條小路。（不如在這裏坐下來休息一卜，等抽筋好了之後，再走。）他坐在一塊大石上。

四周很靜。除了大路上的車輛聲之外，只有風吹樹葉的聲音。（那人的傷勢不知道嚴重不？鄰近沒有地方可以借打電話急召救傷車，那人要是流血過多，可能會有危險。）他打了一個寒噤，依舊恐慌。他的目的只在搶錢；但是現在，竟刺傷了一個人。（如果那人因流血過多而死亡的話，我不是變成殺人犯了！）越想越可怕，身子猛烈抖動起來。（那個女人要是不太愚蠢的話，應該攔住一輛車子，要求駕車人送傷者進入醫院。）

抽筋的情形消失後，必須儘快離開這地方。（如果那女人已經報過警的話，警察隨時都會到這裏來的。）站起身，朝前走了幾步。（不行。不能經由大路走回去。在大路上行走，有極大的可能被警方抓到。）掉轉身，加快腳步，朝小路走去。他從未走過這條小路，也不知道這條路是否可以通達市區。（不過，在大路上行走，實在是非常危險的。）正因為這樣，他毫不考慮後果地選擇這一條小路。

小路很窄，兩旁盡是蔥鬱的樹木。鄰近沒有房屋；也沒有行人。很靜。（這條路究竟通往何處？）這個問題的答案，他不知。他只有繼續朝前走去。（這地方很靜。）距離大路越遠；靜穆的氣氛越濃。雖然聽不見汽車的聲音，心裏卻依舊恐慌得很。（不知道那人的傷勢嚴重不？我原想將刀子刺他的大腿或屁股的；但在搏鬥時，刀子有極大的可能刺入他的腹部或腰眼。）站定，心如懸旌，回過頭去觀看，黑黝黝的，沒有腳步聲。再一次，挪開腳步朝前走去。在這種境況中，即使自己的腳步聲也能孕育他的膽量。（萬一刺入他的腹部，甚至刺入他的腰眼，都能使他在極短促的時間內死亡。）又打了一個寒噤。

靜得很。寧靜變成一種壓力，使他越來越恐慌。除了自己的腳步聲外，祇有風吹樹葉的聲音。（為甚麼怕成這個樣子？我已遠離大路，即使那女人已報警，警方也不會知道我在這裏。）風勢忽然轉勁，兩旁的小樹枝在風中搖曳不已，發出沙沙聲，好像群鬼在談話。（這裏有鬼？）亞洪更加恐慌。

縱目四望，到處黑黝黝的。（不會有鬼的，何必自己嚇自己？）這時候，他才意識到手裏依舊握著那把彈簧刀——那把染著鮮血的彈簧刀。（要是當真有鬼的話，就用這把刀子去刺。鬼怕血；更怕染著鮮血的刀子。）

繼續朝前走去，兩旁的樹木長得更高更密。山風吹來，使萬千樹葉在風中因互擊而發出更響的沙沙聲。這種聲音像一些無形的帶子，綑綁著他，使他感到極大的恐慌。他想起剛才見到那具吊在樹上的屍體。

腿彎很瘦。起先，他以為這種感覺因奔跑而生；後來，才知道這是起於內心虛怯而形成的感覺。（沒有鬼的。絕對不會有鬼。）不止一次，他這樣安慰自己。但是這種思念並不能克服內在的恐懼。

這地方有一種奇異的氣氛。雖然近處並無墳場，他卻孤零零地好像迷失在墳場裏了。那些聲音，那些風吹樹葉的聲音，不但沒有稍減沉寂的恐怖；反而使沉寂更加沉寂。（不能再朝前走了。）現在，大路上的汽車聲已完全聽不到。圍繞著他的，除了風吹樹葉的聲音外，只是荒涼的氣氛。（這地方太可怕。不知道前邊還有些甚麼？這條小路究竟通往何處？鄰近為甚麼沒有房屋？為甚麼沒有人行走？）一連串的問題使他感到不安。他站定。

掉轉身，疾步朝大路的方向奔去，彷彿背後有鬼魂在追逐似的。

（不行，那傢伙已被我刺傷，躺在公路旁邊，一定會被人發現的。何況還有一個女人陪著他。一個人在公路邊被另一個人刺傷，當然不是一件尋常的事情。這事情必定會引起警方的注意。我要是此刻走上大路的話，無異自投羅網。這……這不是聰明的做法。）撥轉身，橫橫心，繼續朝那恐怖的地區走去。（這是沒有辦法的事。前邊的環境雖然可怕，除了繼續朝前走去，再也沒有第二個選擇。我有勇氣用刀子刺人；為甚麼沒有勇氣繼續朝前走去。）他的腳步加快了。（即使這條小路也不是安全的，說不定警方會派人到這裏來搜索。）

心很亂，亂得像一桶泥鰍。腳步加快。

再一次走入荒涼的地區，被恐怖的氣氛包圈著。如果他在這個時候想一些可以令他感到輕鬆的事情，情形還不至於這樣嚴重；問題是：此刻的腦子卻被兩種思念占據了：屍體與那個被他用刀子刺的傢伙。

這樣的境遇，加上恐怖的思念，使他再也不能保持應有的鎮定。想喊，竟沒有勇氣喊出聲。

當他繼續朝前走去時，他用疑慮的目光觀看每一樣東西。

光線雖暗，還不至於伸手不見五指。他不知道那一點暗淡的光線來自何處。當他抬起頭來時，他仍能見到那些襯著夜空的、蒽鬱的樹枝葉。這些樹枝與樹葉的形狀很古怪，祇要亞洪腦子裏想些甚麼，那樹枝與樹葉就會變成甚麼。（**那是一群鬼。**）明明知道那祇是一些樹枝與樹葉；但是，當他有了這種想法時，他竟見到一群鬼。

在極度的驚慌中，想喊，喉嚨依舊好像給甚麼東西堵塞住了，發不出聲音。

一邊疾步行走；一邊抬頭觀看樹枝樹葉。每一次，風勢轉強時，樹枝就會搖曳不已，使亞洪產生一種感覺：那是動物；不是植物。（**一群鬼。那是一群鬼。**）正這樣想時，路邊的草叢間驀地竄出一隻老鼠似的小動物，使他大吃一驚。

他從來沒有這樣驚惶過，但又不能不繼續朝那恐怖的地區走去。（**這地方，除了老鼠，可能還有其他的動物，譬如說：一條毒蛇。根據報紙上的記載，港島的郊區常有毒蛇出現。**）

距離大路越遠，沉寂的氣氛越濃。當夜風作間歇性的停頓時，腳步聲響得使他自己也感到畏懼。怕鬼；也怕毒蛇。在那種情況下，甚至一隻突然出現的貓與狗，也會使他驚惶失措。

繼續朝前行走時：他企圖用理智去克服內心的恐懼。（不要自己嚇自己，應該多想想愉快的事情。）他強迫自己去想冼彩玲。事實上，他之所以走到郊外來搶錢，完全為了她。（明天，我可以陪冼彩玲到大嶼山去了。我身上有錢，到甚麼地方去都不成問題。明天，我……這是甚麼聲音？）站定，屏息凝神傾聽。靜得很，連風吹樹葉的聲音也沒有。（我明明聽到後邊有腳步聲。）咬咬牙，回過頭去觀看；黑燈瞎火，甚麼也沒有。（難道是鬼？）他一向不信鬼。可是現在，再也不能用理智去消除這種恐懼。

繼續朝前走去，希望藉此分辨兩種腳步聲，證明自己聽覺沒有差。

起先，他只聽到一種腳步聲。那是自己的腳步聲。因此，膽量也就壯了起來。後來，夜風颼颼地吹著樹葉，他相信他已聽到另外一種腳步聲。（奇了。這裏只有我一個人，怎麼會有兩種聲音？）猛一回頭，依舊是一片陰暗。在陰暗中，有一樣更黑的東西。（是鬼？）心情更加慌亂，用手擦亮眼睛，依舊不能確定那是甚麼東西。

腳步加快。（莫非那個傢伙死了？）腳步搬得更快。（這似乎是不可能的。我只刺了他一刀。除非刺中要害；否則，絕不至於死亡。但是，我剛才那一刀究竟刺在甚麼地方？我原想刺他的大腿的；但在那種情況下，極有可能刺中他的腰眼。如果刀子刺入腰眼的話，即使死亡，也不是意外的事情。）想到這裏，腳步有點邁不穩。（難道他死了？他的鬼魂在追逐我？）

額角有黃豆般的汗珠流出，情緒緊張到極點。疾步行走時，竟將自己的腳步聲當作鬼魂的腳步聲。（如果真的有鬼魂的話，我既已將他殺死，他一定要走來報仇的。）心急火燎，零亂的腳步聲，使他不能保持應有的冷靜。

奔了一陣，呼吸急促，連氣也喘不回。（不，不能自己嚇自己，應該回過頭去仔細看看清楚。）他站定，虛張聲勢地舉起右手，因為他的右手緊握著那把彈簧刀。

轉過身，定睛觀看。那陰暗的地方一片寧靜。（不會有鬼的。用不著害怕。還是想想別的事情吧。）他繼續朝前走去，但是腳步已放慢。（我應該高興才對。我已搶到那麼多的錢，今後的生活一定可以改善了。我應該做兩套新西裝。我應該買兩對方頭皮鞋。我應該買幾條寬領帶。我應該做幾件高領恤。……）現在，他已處於一個更靜的地區了。這地方比剛才那一段更暗。（只要那個傢伙不死，就不成問題。香港有四百萬人口，警方怎會懷疑我？……不，不能這樣想。警方調查案子，有他們自己的辦法。我既已做犯法的事情，他們就有辦法找到我。）忽然吹來一陣夜風，使他張口發抖。（用不著自己嚇自己。剛才的事情發生在郊外，那對男女不認識我，怎能指出是我幹的？）腳步加快。（辦法還是有的。警方可能從那個傢伙的身上找到我的指印，憑藉指印，就可知道事情是我幹的。）越想越可怕，再一次加快腳步奔跑。（不去管他。總之，必須設法早些趕回市區。這條小路究竟通往何處？）

這時候，他又聽到兩種腳步聲了。（有鬼！那傢伙一定死了！他的鬼魂在追我？）

他感到一種精神上的束縛，彷彿有一條無形的帶子細綁著他。雖然他仍在朝前行走，這種感覺卻無法排除。（也許那人已經死了。……如果他已死去的話，問題就嚴重。警方一定會捕捉我的。我有辦法逃走嗎？……）腿彎又瘦。那種感覺，顯然含有心理的成分。（那人要是當真死了的話，我就是殺人犯了。殺人犯被抓去後，就會被判死刑。……）腳步越來越慢，呼吸急促，精力似已消耗殆盡，必須坐下來休息。沒有石塊；也沒有土墩，唯有坐在泥地上。（不能將事情想得太可怕。人不是那麼容易死去的。我不過刺了他一刀，不會那麼容易死去。只要他不死，問題絕不會那樣嚴重。）

他將兩隻手錶拿了出來，想知道這兩隻手錶的牌子。

光線太暗，連鋼錶與金錶也分不清。於是，他將那隻皮夾掏了出來。皮夾裏有不少鈔票。他當然沒有閒情在這個時候點數鈔票；但是這些鈔票給他的喜悅很大。他從未有過這麼多的鈔票，對剛才所做事情，暫時已無悔意。

感情很混亂，一方面是喜悅；一方面是恐懼。（有了這麼多的錢，我可以每天與洗彩玲在一起了。到電影院觀電影。到大餐廳進食。到夜總會跳舞。到百貨公司買東西。搭乘水翼船到澳門去賭錢。）這些思念使他暫時忘記事情可能引起的後果。

陷於夢樣的境界，神志有點恍惚。

（不能繼續坐下去了，萬一警方利用警犬來追尋的話，就會被捕。）

將皮夾與手錶塞入衣袋，繼續朝前走去。這地區更加寧靜，除去風聲與腳步聲，再也沒有別的聲音。（這條小路相當長，究竟通往甚麼地方？我已走了不少路，怎麼還沒有見到大路？）為了早些脫離險境，不得不疾步奔跑。（祇要走上大路，就可以搭車了。能夠找到計程車最好：找不到計程車，也該乘搭巴士。總之，必須儘快趕回家去。）

內心的焦灼，使他必須走出這條小路。

跑了一陣，望望前邊，前邊的山壁像高牆似的擋住他的去路。

小路已盡。

10

（糟糕！這是一條死路！再也無法朝前走了！如果我想回市區的話，必須走回頭路。那人已被我刺傷，我要回上大路的話，就有極大的可能會被警方抓去。怎麼辦？我該怎麼辦？）

亞洪望望山壁。

（我的運氣真壞！怎麼會選這一條路的？）

在這種情形下，除了走回頭，沒有第二個辦法。吐口唾沫在地上，掉轉身，開始走回頭路。體力的損耗，使大腿重得好像綁著鉛似的。（不，不能懶洋洋。必須儘快走出這條小路。這真是一件意想不到的事情，我的運氣未免太壞。）腳步加快。但是走了一段路之後，兩腿不但瘦溜溜的；而且產生近似麻痺的感覺。（會不會抽筋？剛才是抽過筋的。情勢對我非常不利，如果再抽筋的話，問題就嚴重，我不能浪費時間了，必須儘早趕回市區。）越想越急，索性疾步奔跑。跑了一陣，樹叢中忽然響起犬吠聲，唬得心膽俱裂。

現在，他必須將賸餘的力量集中起來，儘量將腳步搬得快些。

出乎意料之外，那隻野狗竟在後邊死跟著他，一邊跟；一邊吠。（真討厭！牠的叫聲要是給警方聽到的話，我就無法逃走了。）狗還在叫。亞洪只好站定，轉過身去，睜大眼睛望著那隻狗。他將手裏的刀子高高擎起。按照他的想法；人怕刀，狗可能也會怕刀。因此，他企圖用刀子將那隻野狗嚇退。那隻野狗只是一味狂吠。（真討厭！這樣狂叫，豈不是告訴警方，我在這裏。）亞洪握緊刀子，朝前跳了兩步，用刀子在野狗眼前晃了幾下。那野狗倒退兩步；卻沒有退入樹叢。牠依舊一味狂吠。（這實在是一件麻煩的事情，我該怎麼辦？牠要是這樣不停狂吠，我一定會被警方抓去。但是，我有甚麼辦法可以擺脫牠的糾纏？）望望那隻狗，心裏更加煩躁，那隻狗仍在狂吠，吠聲比剛才更響。（將牠殺死。）這個思念，有如曇花一般，甫現即逝。他雖然刺傷了那個傢伙，但是，要他殺死一隻野狗，他卻沒有勇氣這樣做。他只是朝前跳一步，企圖將那隻狗趕入樹叢。

亞洪急於走出這條小路，掉轉身，繼續朝前走去。（我已浪費太多時間，必須儘快趕回市區，要不然，就會被警方抓去。）他很疲困，精力的耗損使他祇能拖著腳步走。當他在這條支路上行走時，身體不能保持平衡。有一次，因為踢到一塊石頭，身子朝前撲倒在地。（我再也跑不動了。）縱然如此，他還是用手掌支撐地面，爬了起來。他的手臂已擦破，正在流血；但是他一點也不覺得。他繼續朝前走去。後面又有狗叫聲。他從地上拾起一塊石頭，轉過身去，對準野狗的頭部擲去。石頭擲中野狗的背脊，狗因痛楚而慘叫，亞洪心裏頓時產生一種勝利的感覺，舒口氣，轉身再奔。

奔了一陣，發覺手臂有點痛，用左手去撫摩右臂，濕漉漉的。（流血了？）將手臂高高舉起，憑藉極其微弱的光，終於證實了自己的猜想。他的手臂已受傷，正在流血；不過，流的血不多。（糟糕！剛才跌倒在地時，傷了手臂。如果警方走來搜查，見到血跡，一定會知道我曾經到這裏來過。）

他沒有站定；但是，心比剛才更亂。（這是沒有辦法的事。在白天，也許可以消除這些血跡；在夜晚，根本連血跡也見不到，怎樣消除？再說，我已浪費太多的時間，絕對不能再顧到這種事情。）

他已疲乏極了，喘不過氣來，呼吸有點困難。

再一次，後邊傳來狗叫聲。亞洪轉過臉去一看，仍是那隻被他用石頭擊傷的野狗。（討厭極了。牠要是繼續這樣叫下去，一定會將警察引到這裏來的。我必須止住牠繼續狂吠。）

站定。又拾起一塊石頭。

轉身，將石頭朝那隻狗的頭部擲去。

擲中了野狗的身體，沒有擲中牠的頭部。

野狗像一枝箭般朝亞洪身上撲過來。

亞洪沒料到牠會這樣的，倒也有點驚惶失措。

在這種情形下，亞洪完全不能用理智控制自己的行為。當那隻野狗撲過來時，他用刀子往狗肚一刺。

野狗倒地，一邊打滾；一邊因受重創而狂叫。

（不能讓牠繼續叫下去了。）

那隻野狗仍在狂叫。

（必須將牠殺死。）

亞洪對那隻躺在地上的狗望了一下，橫橫心，將刀子對準狗頸擲去。

刀子插在狗頸。

那隻狗發出更大的叫聲後，在地上打滾。

亞洪咬緊牙關，將賸餘的一點精力集中起來，希望在警方來到這裏之前，逃回市區。

呼吸越來越急促。兩條大腿似乎不屬於他的了。當他沿著這條小路奔跑時，所有的動作都是機械的。（不行。）他的腳步自然而然的放慢了。（那把刀。）他站定。（那把刀依舊插在狗頸上。）他像木頭人似地站在那裏，因這個思念引起的恐慌使他無所措置。（我怎麼這樣蠢？將那把刀子插在狗頸上，等於留下線索，叫警方來捉我。）他掉轉身子。（必須將那把刀子拿回來。）再一次，移動腳步。（不能留下那把刀子。）腳步逐漸轉快。（我真蠢！快將那把刀子拿回。）兩條大腿顯然已拒絕接受理智的指揮。理智要他奔得快些，兩條大腿越來越重。

這時候，他才意識到那隻野狗已不叫。（一定死去了，要不然，不會不叫的。）平地掀起一陣狂風，兩旁的樹枝在風中搖曳不已。亞洪打了一個寒噤，幾乎搬不動兩條大腿。截至那時為止，他已損耗太多的體力，如果再得不到休息的話，就無法繼續行走。問題是：情勢非常危急，即使走不動，也非走不可。

走到那隻野狗旁邊，忽然又聽到一陣犬吠聲，不由猛發一怔。

（這是怎麼一回事？）定睛一瞧，才知道那隻被他刺傷的狗已死；另一隻黃狗則在嗅探死狗頸間的血腥。當他走近去時，那隻黃狗就狂吠了。（這隻黃狗很凶。我要是伸出手去將刀子拔出的話，牠一定會竄過來咬我。）望望黃狗。那黃狗雖然沒有竄過來，卻吠得更凶。（怎麼辦？我該怎麼辦？那把刀，絕不能讓它留在死狗的頸間。但是，黃狗那麼凶，萬一給牠咬傷，我一定會被警方抓去。）

黃狗仍在吠。

（討厭極了。繼續這樣吠下去，警方很容易就會找到我的。這樣吧，先將這隻黃狗趕走再說。）拾起三塊石頭，一塊繼一塊朝黃狗身上擲去。那黃狗表面凶悍，給亞洪擲了三塊石頭，退入樹叢了。

必須把握這個機會，三步兩腳走到死狗旁邊，彎著腰，以極其迅速的手法將插入狗頸的刀子拔出。

掉轉身，繼續奔跑。兩條大腿彷彿木頭做的，硬繃繃，越來越搬不動了。（不，不能休息。這是生死存亡關頭，無論怎樣吃力，也要奔出這個危險地區。）這樣想時，腳步比剛才稍為快了一些。奔了一陣，後邊有犬吠聲傳來。轉過臉去一看，又是那隻黃狗。那隻黃狗跑得比亞洪快；

但是，既不越過亞洪，也不咬他，只是緊緊跟隨在後邊狂吠。（糟糕！牠要是繼續這樣叫下去，一定會將警察引來的。）憂心如焚，想不出應該怎樣對付這隻黃狗。

刺耳的犬吠幾乎使他急得連心也要從喉嚨跳出來了。他彎腰曲背，拾起幾塊石頭，與剛才一樣，將石頭一塊繼一塊擲過去。那隻黃狗再一次退入樹叢。亞洪以為問題已解決，咬咬牙，將兩條大腿搬得更快。（我實在跑不動了。怎麼辦？由此返回市區還有不少路程，搭不到巴士或的士，我一定會給警方抓去。）

疲困異常，兩條大腿雖在搬動，卻已失去知覺。焦灼與憂慮使他幾乎不能將剩餘的精力集中起來。（沒有氣力；也要走回市區去的。我已搶到不少錢。有了這些錢，就可以好好享受一下。明天，帶冼彩玲到大嶼山。明天晚上，帶她到夜總會去。在夜總會裏，叫她多喝些烈性酒。像冼彩玲這樣的女人，酒量不會太差。不過，多喝幾杯，她會醉的。等她喝醉之後，我就可以帶她到酒店去了。……）這是一些甜蜜的思念。當他想到這些事情時，他不再覺得疲困。他將腳步搬得比剛才更快，自己卻一點也不知道。（冼彩玲的體態很美。冼彩玲的皮膚很光滑。當她發笑時，我心中就會產生混亂的感覺。）

這些思念沖淡了焦灼與憂慮。他在睜著眼睛做夢。但是，這場夢非常短暫。後邊傳來的犬吠使亞洪從夢境中醒覺。（真討厭！這地方怎會有這麼多的狗？）回過頭去觀看，又是那隻黃狗。（牠叫得這麼響，顯然沒有受傷。我不能讓牠繼續叫下去。）想到這裏，歇口氣，轉過身，睜大眼睛望著那隻黃狗。（牠要是竄過來的話，用刀子將牠刺死。）但是，牠沒有竄過來，牠只是狂吠。（不能讓牠再叫了。）亞洪以極其迅速的手法，拾起幾塊石頭，對準黃狗的頭部擲過去。石頭沒擲中黃狗的頭部，卻擲中牠的身體。那黃狗更加凶悍，嘴裏發出一陣嗚嚕嚕的聲音，縱身向亞洪撲來，咬破亞洪的衣袖。亞洪理性盡失，用刀子在黃狗身上亂刺。

黃狗倒在地上，抖動幾下，不再發出叫聲。亞洪當即掉轉身，繼續朝大路奔去。奔了幾百碼之後，兩條大腿又出現近似麻痺的感覺。（跑不動了。實在跑不動了。）他發覺路邊有一塊大石，明知這不是休息的時候，也一屁股坐了下去。

右手依舊握著那把彈簧刀。

用這把彈簧刀，他不但刺傷了一個人；還刺死兩隻狗。

他不相信他會做這種可怕的事情。但是，他的刀子上依舊染著血跡。

低下頭去，無意中見到襯衣上也染著不少血跡。（怎麼辦？回頭搭乘巴士或的士，給別人見到，一定會引起別人猜疑。我必須將這些血跡洗淨。）抬起頭來，遊目四矚，到處是黑黝黝的。（到甚麼地方去洗淨這些血跡？就算有地方洗，也不能浪費時間。我必須儘快趕回市區。情勢這樣危急，不應該坐在這裏休息。）站起身，踉踉蹌蹌朝前走去。他已疲困到極點，連身子也不能保持平衡。（麻煩極了。這襯衣上的血跡，非設法洗淨不可。）心力交瘁，想不出有甚麼辦法可以解決這個問題。（手袋上有沒有血跡？）將手袋放在眼前，仔細觀看，一點也不錯，手袋上有血跡。

（這個問題，倒不難解決，將手袋裏的鈔票拿出來，擲掉手袋，不就是了。事實上，我是一個男人，拿著女人的手袋走來走去，給人見到，當然會懷疑這隻手袋是搶來的。）一邊走；一邊打開手袋，將手袋裏的鈔票拿出，塞入褲袋。手袋裏，除了鈔票，還有別的東西；但是，沒有心思去查看了。他有意將手袋擲在樹叢裏。（不行。擲在樹叢裏，給警察見到，就會知道我曾經到這裏來過。）繼續朝前走去，左手依舊拎著那隻手袋。（不能有太多的顧慮。我是一個男人，拿著女人的手袋，必會引起別人的猜疑。將它擲在樹叢吧。警方查到這隻手袋，最快也是幾小時以後的事情。到那時，我已回到市區。再說，剛才我已刺死兩隻狗，除非警方不到這條小路來調查，否則，絕不會不知道我曾經到這裏來過。）

將手袋擲入樹叢之後，並不因為解決了一個問題而產生釋負的感覺。相反，當他繼續奔跑時，精神上的負擔加重。（那兩隻被我殺死的狗，加上那隻手袋，遲早會被警方發覺。特別是那隻手袋，上面有我的手指印，等於告訴警方：事情都是我幹的。）越想越擔心，腳步慢了下來。（不能將手袋擲掉。）腳步更慢。（應該將那隻手袋拿回來。）站定。（必須將手袋拿回來。）掉轉身，走了幾步，搖搖頭。（不，不能將手袋拿回來。我是一個男人，拿著女人的手袋，給別人見到，一定會引起別人的疑心。再說，我可以拾回手袋，但是，那兩隻死狗怎麼辦？我總不能提著兩隻死狗回家。）經過一番思量後，決定不去拾回手袋了。掉轉身，拚命奔跑。雖已精疲力竭，但是浪費的時間太多，再不趕回市區，必定會被警方抓到。

呼吸急促，兩條大腿像木頭般僵硬。（實在跑不動了。）可是，他依舊在機械地奔跑。（我已搶到這麼多的錢，只要能夠趕回市區，警方就不會抓到我了，從明天起，可以快快樂樂享受一個時期。）只有想到那筆錢時，疲倦的感覺就會暫時消失。

跑得很快，終於跑到了接近大路的地方。前邊有路燈。憑藉路燈的光芒，亞洪低下頭去，察看自己的襯衣，嚇了一跳。（這麼多的鮮血！幸虧這裏沒有人，要不然，給別人見到，必有麻煩。）他不敢再朝前奔了，站在樹叢邊，趁此獲得一個喘息的機會，同時希望能找到解決問題的辦法。（絕對不能繼續將這件襯衣穿在身上。不如將襯衣脫下。）他脫下襯衣。（穿著汗背心雖然不大雅觀，總比穿著染有血跡的襯衣好。但是，將襯衣拿在手裏總不是一個辦法，應該找個地方擲掉。）察看周圍，除了樹叢，沒有更好的地方。（反正已將手袋擲掉；不如將襯衣也擲在樹叢裏。）

將襯衣捲成一團，擲入樹叢。在這條小路上，他已留下不少痕跡。何況，這是一條死路，除非警務人員不來；否則，他就無法逃脫。（趕快走上大路，搭車回市區去。）處境的危險，變成一種推動力，使他再一次加快腳步。說起來，這似乎是一件難以置信的事：一個精疲力竭的人，單憑一個思念的鞭策，居然還能奔跑。（不能被警方抓去。絕對不能。我已搶到不少錢，必須好好享受一下。要是被警察抓去的話，明天就不能陪冼彩玲到大嶼山去了。冼彩玲是喜歡我的；不過，我要是被警察抓去的話，明天的報紙一定會將這件事當作新聞刊出。冼彩玲讀到報紙上的新聞，就不喜歡我了。她一定不會喜歡一個搶劫別人錢財的人。……）這些思念，使他忘記了疲倦。

儘管兩條大腿僵硬得像兩條木頭，儘管額角因體力的耗損而排出黃豆般的汗珠，他還是機械地朝前奔去。（只要儘快趕回市區，他們就抓不到我了。）體力的耗損過大，奔跑時，身子不能保持應有的平衡，一拐一病，像個跛子。

他已看到大路。

II

（不知道大路上有沒有警察？那傢伙被我刺傷後，他的女友一定會報警。）腳步放慢了，一方面因為耗損的精力太多；另一方面害怕大路上有警察。（用不著害怕的。鄰近沒有房屋，那女人未必能夠借到電話。）但是，轉念一想，又覺這種想法未必對。（那女人可以截住任何一輛汽車，請司機代她報警。）想到這一層，他竟站在那裏不動了。

圓睜雙目，怔怔地望著大路，彷彿大路上有許多警察等在那裏，等他自投羅網。

夜風拂來，他打了一個寒噤。氣候並不涼，這種顫抖完全屬於心理的。（但是，站在那裏，無異等警察來抓我，終不是一個辦法。這條小路上難得有人行走，警察見到我，絕不會不盤問。）

懷著衝鋒陷陣的決心，邁開腳步。（就算大路上有警察，也不能不冒險。繼續留在這條小路上，是一件非常危險的事情。）腳步加快，一再用手背拂拭額角上的汗液。

走上大路。

東張張；西望望。有一輛巴士駛過來；另外有一輛私家車駛過去。（沒有警察。）巴士逐漸接近。(能夠搭上這輛巴士，那就好了。)他不知道巴士站在甚麼地方。(郊區的巴士站比市區疏得多，要隔一大段路才有一個站。)這時候，巴士在他面前駛過。雖然巴士的速度相當快，他也見到巴士裏空落落的，只有幾個搭客。

巴士駛過後，又對公路的兩端張望一下。(怎會沒有警察的，難道那個女人沒有報警？那個女人為甚麼不報警？她為甚麼不截停過路的汽車？……)這樣想時，沿著大路朝前走去。他的目的是：尋找巴士站。(那個傢伙，被我刺了一刀後，傷勢嚴重不？他要是繼續躺在那裏的話，可能會因流血過多而死亡。)他已疲困不堪。(巴士站究竟在甚麼地方？)他的右腳踢到一塊石頭，身子朝前一衝，因失去平衡跌倒在地。他沒有馬上站起。對於他，將賸餘的氣力集中起來，已是一件非常困難的事。他需要趁此透一口氣。

(不能老是躺在這裏，萬一有警車經過，我就完了。現在，最重要的事還是趕回市區去。即使搭不到巴士，也要設法走回去。)

咬咬牙，從地上爬了起來。回頭一看，見到一輛計程車駛來。

不管計程車裏是否有搭客，他站在路中，彷彿打旗語似的，揮舞兩臂。

計程車停了。

車廂裏沒有搭客。

亞洪跌跌撞撞地走去拉開車門，進入車廂。

司機轉過臉來，對亞洪投以詢問的凝視。亞洪神色慌張，身上穿一件汗背心，當然會引起司機的猜疑。

「快些！」亞洪厲聲說。

司機吃了一驚，本能地發動引擎，將車子沿著公路朝前駛去。

司機用微抖的語調問：「去甚麼地方？」

亞洪說出地址時，語氣冷得像冰。

司機不再說甚麼，默默駕車。亞洪的情緒很緊張，兩隻眼睛有如探照燈，掃來掃去。

公路上沒有警車。

（這是怎麼一回事？難道那個女人沒有報警？）他已精疲力竭，眼皮重垂。（何必追尋理由。**那個女人不報警，最好。我已搶到錢，不久就可以抵達市區，只要回到家裏，這筆錢就屬於我的了。**）

厲聲對司機說：「快些！」

司機加快車子的速度，依舊一言不發。

前邊有一輛大卡車，速度奇慢。亞洪不耐煩了，厲聲吩咐司機扒頭[5]。司機扁扁嘴，不理他。

5 扒頭，即超車之意。

亞洪彷彿受了侮辱似的，大聲吩咐司機扒頭。司機相當膽小，被亞洪這麼一喝，無可奈何地說了這麼一句：

「雙線不能扒頭。」

「怕甚麼？」亞洪的語氣充滿威脅性，使膽小的司機除了接受他的意思；沒有第二個選擇。司機冒著相當大的危險，越過那輛貨車。亞洪仍不滿足，繼續催促司機加快速度。

（難關不久就可以度過，只要回入市區，威脅就解除。那傢伙雖然被我刺了一刀，傷勢未必如我想像那樣嚴重。說不定那女人並沒有報警；說不定那女人截停一輛計程車，扶著傷者回市區去了。）

想到這裏，情緒不像先前那樣緊張了。（是的，事情未必如我想像那樣可怕。我的褲袋裝著那麼多的鈔票，今後可以舒舒服服過日子了。）心情好轉，不再覺得疲乏，將手伸入袋中，摸到鈔票，也摸到那把彈簧刀。當他摸到彈簧刀時，就搭訕著問司機：

「遇到過打劫沒有？」

簡短的一句話，使司機嚇了一跳。司機用微抖的語調說：

「今天的生意不好，只做了四十多塊錢，你要，就拿吧。還有，我……我手上有一隻錶。」

聽了這話，亞洪差點笑了起來。（這個司機，膽量真小，我只說了這麼一句，他就嚇得甚麼都拿了出來。早知這樣，前些日子，窮成那個樣子，就該採用這個方法了。）但是現在，他已搶到錢，司機的四十幾塊錢，他不在乎。

「你以為我是劫匪？」他用打趣的口脗問。

「不，不……」司機說話時，期期艾艾，幾乎不能將心裏想說的話說出。

「既然不將我當作劫匪，為甚麼要拿四十塊錢給我？」亞洪存心與這個膽小的司機開玩笑。

司機聽了亞洪的話，斷定他不是劫匪，釋然舒口氣之後，為自己的態度作了這樣的解釋：

「你當然不會不知，港九兩地的搶劫事件實在太多。任何一個人，在街邊行走或搭乘電梯，都有可能遇到劫匪。」

「你沒有遇到過？」

「沒有，」司機說，「不過，我有一個表哥，也揸的士，上星期六，載到一個搭客，那搭客講不出目的地，只是亂指一陣；最後，車子駛到偏僻地區，那乘客就……」說到這裏，忽然有了顧慮，不再說下去。

「那乘客怎樣？」亞洪問。

「那……那乘客拔……拔出一把彈簧刀，」司機答。

亞洪原想從褲袋中掏出那把彈簧刀的；他沒有這樣做。他衹是縱聲大笑。

那司機不知道亞洪為甚麼發笑，轉過臉來望望亞洪，見他身上衹穿一件背心，更加慌張。

亞洪從司機臉上看出他在擔憂，因此用撫慰的口氣對他說：

「我不是劫匪，你放心好了！」

司機這才舒口氣，臉上出現似笑非笑的表情：「我……我知道你不是。」

「既然知道我不是劫匪，剛才為甚麼要將四十塊錢拿給我？」

司機再一次轉過臉來時，亞洪見他笑得很不自然。（這個司機，膽量實在太小。）那司機用微抖的語調說了一句「對不起」之後，作了這樣的解釋：「這些日子，打劫的事情實在太多。」

亞洪忍不住又笑了。（是的。這些日子，打劫的事情實在太多。剛才，我就用刀子刺傷了一個人。現在鈔票在我的衣袋裏。這些錢，是我搶來的。這些錢，剛才還屬於別人；現在，已經屬於我的了。）想到這裏，繼續縱聲大笑。（一把彈簧刀，就可以搶到那麼多的錢，怪不得打劫案那麼多。那兩隻手錶，不知道是甚麼牌子。如果是名廠出品，就可以換不少錢。現在，最重要的事是：儘快趕回家去。）

他用裂帛似的聲音對司機說：「快點！快點！」

雖然亞洪的語氣充滿威脅性，司機依舊沒有加快車子的速度。亞洪以為司機不聽他的話，怒氣往上沖，厲聲加上一句：「開得快些！」

司機辨出亞洪語氣中的怒意，只好加快車子的速度。稍過些時，又被前邊的貨車擋住。亞洪要他扒頭。他就不顧一切扒頭。這是雙線區，彎角特別多。扒頭相當危險。

車子快如疾風。亞洪情緒緊張。那司機的情緒比亞洪更緊張。就在這時候，後邊傳來一陣嗚嗚聲。十分刺耳。（警車？）亞洪的心跳加快了。回頭觀看，視線被一輛私家車擋住。（看樣子，警方派警車追我了。如果是警車的話，我就完了。不如吩咐司機停車。……）望望車窗外的景物，一邊是山壁；一邊是懸崖。（不行。絕對不能在這裏下車。我要是在這裏下車的話，逃到甚麼地方去？）沒有辦法，祇好繼續催促司機加快速度。司機說：

「後邊有警車，我要是將車子開得太快的話，警察一定會抄牌！」

聽到「警車」兩個字，亞洪更加慌張。他已搶到那麼多的錢，不能讓警察將他抓去。

嗚嗚聲越來越響。

前邊的車輛停了。

亞洪乘搭的那輛的士也停了。

這是規矩，不能不這樣做。

亞洪憂心似焚。

12

刺耳的嗚嗚聲像刀子般直刺亞洪。（完了。這一下可完了。）就在這時候，一輛救傷車有如一枝箭般在他們的車子旁邊擦過。亞洪這才釋然舒了一口氣。（原來是一輛救傷車。）他笑了。

前邊的車輛繼續朝前駛去。

亞洪搭乘的那輛的士，也繼續朝前駛去。

稍過些時，車子已回到市區，亞洪心裏說不出多麼的高興。（這下可好了。再過幾分鐘，就可以回到家了。看樣子，警方還不知道這件事。）車子在大街上疾馳，夜已深，路上的車子比白天少得多，計程車的速度比白天快。

不止一次，他回過頭去觀看。（大概不會有甚麼問題了。）當他見到後邊沒有甚麼車輛跟著他時，他有了這樣的思念。

車子抵達家門。亞洪再也不能捺下心頭的喜悅，從褲袋裏掏出一張十元的鈔票，遞給司機，不等找贖[6]就下車。司機感到意外。

亞洪下車後，有如一枝箭般穿入大廈。（應該不會有甚麼問題了。剛才，我將那傢伙刺傷後，曾經浪費過不少時間。看樣子，那女人並沒有報警。）疾步走到電梯口。

電梯口有一個女子在等電梯。這個女人年紀很輕，約莫二十幾歲，穿紅戴綠。

亞洪望望她。

她也望望亞洪。

電梯門啟開。亞洪很有禮貌地讓那個女人先進去。那個女人竟站在那裏，一動也不動。

亞洪急於回家，見那個女人站在那裏不動，就自己走了進去。（這個女人，見我身上祇穿一件汗背心，認定我是壞人，不敢與我同乘一架電梯。）他低下頭去，仔細察看自己：背心上雖無血跡；褲管卻染有不少狗血。（原來那女人見我褲管有血，才害怕得連電梯也不敢入了。這些日子，打劫事件實在太多，難怪她害怕。）

電梯門啟開，亞洪疾步走回家去。

母親見到他時，眼睛變成一對問號。

「怎麼啦？」她問，「你身上怎會有血？」

亞洪祇好撒謊：「在回家的途中，有一隻野狗咬我，不得不用刀子將牠殺死。」

「為甚麼不穿恤衫？」母親問。

「因為染了血跡，被我拋掉了。」亞洪說了這兩句之後，唯恐母親提出更多的問題，蹲下身子，拉開皮箱，取出乾淨衣服，走去沖涼。

夜已深，同屋居住的人都已休息，沖涼房裏沒有人。

走進沖涼房，將門關上，心情雖緊張，卻是愉快的。他從褲袋裏掏出那些鈔票、皮夾與兩隻手錶。（這是一件意想不到的事。居然搶到這麼多的錢。）他開始點算鈔票。除了一些拾元伍元的小鈔外，還有「大牛」與「紅底」。（這樣就好了。明天一早就去買東西，買幾件恤衫，買一套現成西裝，買一對新式的皺皮皮鞋……然後陪冼彩玲到大嶼山去痛痛快快玩一天。冼彩玲對我很有好感，現在，我已有錢，她一定更加喜歡。）他開始察看兩隻手錶了。那隻男裝錶是亞米茄牌子，相當漂亮。他不知道也無法估計這錶的價錢。（不過，價錢一定不會太便宜。這隻錶的式樣不錯，明天到大嶼山去的時候，戴在手上，也可以在冼彩玲面前威一下了。）然後仔細察看女裝錶，那是一隻白金的芝柏手錶，配以白金的錶帶，相當名貴。（不知道值多少？）他仔細端詳手錶，對自己的問題求不到解答。他對鐘錶的認識很淺。（如果錶帶是白金的話，價錢一定不會太便宜。）他用大拇指與食指去搓錶帶。其實，這是一件毫無意義的動作。他不能從這個動作中辨出錶帶的質地以及它本身具有的價值。（不過，這樣名貴的手錶，絕不會配鋼製的錶帶。尤其是那種女人，家裏吃青菜豆腐是一件事，走到外邊，非擺闊不可。）亞洪越想越興奮，幾乎將兩隻錶當作藝術品來欣賞。

將那隻亞米茄牌子的手錶戴在手腕上，橫看豎看，心裏說不出多麼的高興。他從未戴過名牌錶，戴了這隻名牌錶，連一向盤結在心頭的自卑感也隨之消失。（明天，陪冼彩玲到大嶼山的時候，一定要戴這隻手錶。）但是，轉念一想，又覺得這個決定並不妥善。（這是那人的手錶，那人已被我刺傷。這件事，除非警方不知，要不然絕不會不展開調查。如果我將這隻手錶戴在手上的話，就可能被警方查出。所以，必須將這錶收藏起來。）

將兩隻手錶塞入褲袋，站起身，脫下身上的衣服。

（這些鈔票，不能全部帶在身上。搶劫案那麼多，身上攜帶這麼多的錢，萬一給劫匪搶去，豈不白費心計？）

扭開水喉，沖涼。他已疲倦不堪，急於用睡眠補償耗損的體力。但是：冷水從頭上淋下來時，精神為之一振，連頭腦也清醒了。

（鈔票與手錶絕對不能讓阿爸見到。要是給他見了，一定會引起他的疑心。）

冷水不斷從頭上淋下，亞洪的思慮機構越來越清醒。

（這些年來，阿媽像牛像馬，做得非常辛苦。現在，我既然搶到這麼多的錢，就該拿一些給她。）

亞洪開始將肥皂搽在身上。

（不行。不能拿錢給阿媽。如果她問我：「這些錢是從哪裏來的？」我怎樣回答。）

當他繼續將肥皂搽在身上時，他想到更多的問題。

（將錢與手錶放在皮箱裏，也不妥當。阿媽常常將洗乾淨的衣服放在箱子裏。箱子裏放著鈔票與手錶，遲早會被她發覺。阿媽知道我沒有這麼多的錢；也知道我不會有這樣兩隻名貴的手錶，她見到了，一定會向我查問。）

站在花灑下面，讓冷水沖去身上的肥皂泡。

（放在甚麼地方呢？）

找不到問題的答案。冷水不斷淋下來，使他一連打了兩個寒噤。

（放在甚麼地方都靠不住。那個房間狹小得很，除了皮箱，再也沒有可以收藏鈔票與錶的地方，還是將它們放在箱子的邊袋裏吧。阿媽將洗淨的衣服放在皮箱裏的時候，不會將箱子裏所有的東西都拿出來的。她不查看箱子的邊袋，就不會見到鈔票與錶。）

冷水將身上的肥皂泡全部沖去後，伸出手，關上花灑。

（將鈔票與手錶放在箱子的邊袋裏也不妥當。雖然阿媽沒有必要去查看邊袋；但也不是完全沒有查看的可能。萬一給她見到，事情豈不拆穿了？）

用乾毛巾迅速拭乾身體。沖了涼之後，頭腦比剛才清醒得多。

（暫時沒有地方收藏，還是在箱子裏放一晚吧。）

拭乾身體，穿上衣服，將鈔票與手錶依舊放在褲袋裏。他需要好好睡一覺。

拉開門，走入臥房。母親已上床；房內電燈還亮著。

望望躺在床上的母親；發現母親緊閉著眼睛；但是他不能確定母親是否已睡著。

蹲下身子，揭開箱蓋，然後回過頭去望望母親。

母親依舊仰臥著；依舊緊閉著眼睛。

亞洪以極其迅速的手法從褲袋裏取出鈔票與手錶，塞入箱子的邊袋，合上箱蓋。

再一次回過頭去看母親，母親依舊一動不動地躺在床上。

將褲子放在椅背上，亞洪上床休息。當他躺在床上時，才感到渾身腰骨痠痛。

（這條褲子上有血。）

想到這個問題時，情緒頓時緊張起來，睡意盡失。

（我必須弄掉這褲子，要不然，明天早晨阿爸回來時，見到褲子上的血，一定會問長問短。這件事情要是給阿媽知道，雖有麻煩，總有辦法可以取得她的同情；但是，給阿爸知道了，問題就嚴重。）

心煩意亂，恨不得翻身下床將褲子擲入垃圾桶。

（不。不能這樣做。垃圾婆倒垃圾時，見到衣服之類的東西，總會拿回家去自用。萬一給她見到褲子上的血漬，就會走去報警。……不。絕對不能將這條褲子擲入垃圾桶。這是非常愚蠢的做法。）

睜大眼睛呆望掛在椅背上的褲子，皺緊眉頭。

（怎麼辦?這條褲子怎樣處理?明天出街時，走去海邊，將它擲在海裏。）

這樣想時，母親忽然用痰塞的聲音問：

「為甚麼還不熄燈?」

亞洪伸出手去，將電燈按熄。房內頓時黑了下來，只有對街的霓虹燈廣告牌還有一點點光亮射過來。

雖已疲困到了極點，亞洪依舊心事重重，怎樣也無法入睡。

（其實，這也不是甚麼嚴重問題，將褲子上的血漬洗乾淨之後，阿爸就不會問長問短了。

……但是，甚麼時候去洗?）

斜目望望母親。雖然房內黝暗，他仍能見到母親一動不動躺在那裏。

（看樣子，可能已睡著。要洗褲子，這是最好的機會。）

唯恐吵醒母親，翻身下床時，儘量控制自己，不使自己的動作發出聲音，縱然如此，伸出手去拿褲子時，一不留神，腳尖踢到椅腳。

「怎麼啦?」

亞洪嚇了一跳，才知道母親還沒有睡著。

「拿……拿褲子，」亞洪期期艾艾答。

「為甚麼？」

「想……想拿……拿去沖涼房洗，」亞洪答話時，語調低得像蚊叫。

「三更半夜走去洗衣？」母親語氣中含有鮮明的譴責意味。

「褲子上有血跡。」

「怎麼樣？」

「現在不拿去洗，天亮後，阿爸回來見到了，少不免問長問短。」

「怕甚麼？」

亞洪不再答覆她的問題，只是拿著那條褲子躡手躡腳走了出去。當他走出房門時，他聽到母親的嘆息。母親一定在怪責他不肯聽話；不過，為了避免父親問長問短，也顧不得這麼多。

走入沖涼房，將褲子浸在水中，然後用肥皂搽在上面。他是不大會洗衣的。

（母親真是一個好人。我這樣慌慌張張走回來，她卻一點也不疑心。我跟她講甚麼，她就信甚麼。她真是一個好人。）

對於一個不慣做洗衣工作的人，企圖洗去褲子上的血跡，並不是一件容易的事。

（其實，這條褲子根本可以丟掉了。）

起先，他將事情看得很簡單，認真做起來，才知道將這些血跡洗淨，並不是一件容易的事。

當他將血跡洗去一部分的時候，手臂瘦軟。

（糟糕！這些血跡好像膠水似的，怎樣洗也洗不乾淨。要是將它就這樣放在晾竿上曬乾的話，明天給別人見到，一定更麻煩。）

（怎麼辦？不如將這條褲子擲入垃圾桶。）

（不能將褲子擲入垃圾桶。我要是這樣做的話，那垃圾婆一定會發覺的。到那時，問題就複雜了。）

事情彷彿打了一個死結，一時解不開。他只好繼續用力去洗。

眼皮重垂，昏昏欲睡。

他已疲憊到了極點，必須好好睡一覺。但是，褲子上的血跡洗不掉，放不下心。

再一次，將肥皂搽在褲子上，用力去搓。

忽然有人敲門。亞洪吃了一驚，以為是包租人，走去門背低聲問：

「誰啊？」

門外傳來阿媽的聲音，亞洪這才將門拉開；用蚊叫般的口氣問：

「甚麼事？」

「時候不早了，」阿媽抖聲說，「快去睡吧。」

「洗完這條褲子，就睡。」

「這樣洗法，是洗不乾淨的，」阿媽說，「將它浸在水中，放些肥皂粉，明天早晨再洗，很快就可以洗乾淨。」

聽了母親的話，只好照她的意思去做，將褲子浸在肥皂水中後，躡步回房。

雖已疲倦異常，躺在床上，依舊睡不著。

（明天一早就去利源東街買衣服。此外，還要買一對新皮鞋。……這一次，一定要買一對方頭皮鞋。現在流行方頭皮鞋。現在，流行WET-LOOK皺皮鞋。許多百貨公司都有這種皺皮皮鞋出售。我曾經在櫥窗中見過很多。……新西裝加上新皮鞋，冼彩玲見到我時，一定會感到意外。……冼彩玲一定會喜歡我。……）想呀想的，意識漸漸迷糊。就在這時候，一個突然的思念，終於使他從迷離中回到清醒。（萬一那人因傷重而不治，我豈不是變成殺人凶手了？）過分的擔憂使他睜大眼睛望著天花板。（殺人必須償命，被警方拉去後，就會送去法院受審。這是謀殺案，除非罪名不成立，否則，必定會被法官判處死刑。）想到「死刑」兩個字，情緒頓時緊張起來。他不能沒有追悔。（我不應該用刀子將那傢伙刺傷的。……動用刀子的目的是：威脅對方，但是，絕對不應該將對方刺傷或刺死。……我不應該這樣亂來。我不應該……）混亂感情的衝擊，使他睡意盡失。他想起了以前曾經看過的一部美國電影。那部電影描寫一個青年因殺死一個少女而被判死刑。那青年在死牢等死的情形；以及走去行刑室坐電椅的情形，此刻重現亞洪的腦子裏，使亞洪渾身發抖。

「不！」

在不受理智的控制下，他竟大聲說出這麼一個字。

母親給這近似吶喊的聲音吵醒了。

「亞洪！」她問，「怎麼啦？」

亞洪這才恢復理智的清醒，聽了母親的問話，立刻撒謊：「做了一場噩夢。」

母親「噢」了一聲後，轉一個身，又睡著了。亞洪怎樣也睡不著。

轉移思路，並不容易。索性翻身下床，將視線落在窗外的景物上。這樣做，以為母親會責問的，結果沒有。他相信母親已睡熟。

（時間已不早，所有的店鋪都已關閉。）他仍在發抖。（我還年輕，萬一被警方抓去的話，那就……）他舒了一口氣。（不，不能再想。）

黑暗中，一種難於言宣的恐懼使他渾身發抖。他需要光亮，只是沒有勇氣伸手去扭亮電燈。如果他這樣做的話，母親一定會被他吵醒。他不能吵醒母親。（不要自己嚇自己。事情不一定如我想像的那樣可怕。那人雖然被我刺了一刀，未必會死。也許他只受輕傷；也許他不願報警。……）這種自慰，終於產生鎮定作用。當他的情緒不太緊張時，他就感到疲倦了。他用手背掩蓋在嘴前，打一個呵欠。（其實，即使那傢伙受了重傷；或者已經死去，我也用不著恐慌，警方未必會知道事情是我做的。）他已能用理智遏止激動。他上床。

剛合上眼皮，意識就陷於迷糊。他已疲倦不堪，必須好好睡一覺。雖然事情的危險性依舊存在，他也不願再擔心可能發生的後果了。

依舊睡不著，在床上翻來覆去，床架一再發出軋軋聲。

驀地，母親說了一句問話：

「為甚麼不睡？」

「睡不著，」亞洪答。

母親用痰塞的聲音問：

「你好像有甚麼心事似的？」

「沒有，」亞洪答，「沒……沒有甚麼心事！」

「沒有心事？」母親說，「要是沒有心事的話，為甚麼還不睡？」

亞洪不答。

經過一番難堪的噤默後，母親繼續用痰塞的聲音問：

「你究竟有甚麼心事？」

亞洪極力遏止內心的激動，低聲說了四個字：「沒有心事。」

又經過一番噤默後，母親用很低的語調問：

「亞洪，你肯不肯坦白告訴我？」

「甚麼？」亞洪。

「那條褲子上的血……」

「怎麼樣？」

「那……那不是狗血？」母親抖聲問。

「當然是狗血！」亞洪不自覺地將語調提高了，「你在懷疑甚麼？」

「我……我怕你會做出……」母親沒有勇氣說下去了。亞洪心煩意亂，說話時，語氣更加難聽：「你怕甚麼？」

母親嘆口氣，不再說甚麼。

天還沒有亮。亞洪走去沖涼房解洩。當他見到浸在肥皂水中的褲子時，情緒更加緊張。回房，躺在床上。他以為母親睡著了，想不到黑暗中又傳來她那發抖的聲音。

「亞洪，你為甚麼要殺死那隻狗？」

「牠要咬我。」

「你……你當真殺死了一隻狗？」

「你以為我殺死甚麼？」亞洪的聲調也發抖了，「難道你以為我殺死人？」

出乎意料之外，母親壓低嗓子問：

「你有沒有用刀子殺人？」

「我……我為甚麼要殺人？」

「為了錢！」母親用詢問的語氣說出這三個字。

「你……你怎麼會想到上面去？」亞洪開始在母親面前演戲了。

母親抖聲說：「這些日子，打劫已變成一種風氣，年輕人需要錢用，就會拿了刀子走……走到外邊去搶！」

亞洪心驚膽戰，說話時，語氣更加難聽：

「我不會做這種事情！」

按照他的想法：說了這句話，母親就不會問長問短了。但是，經過一番噤默後，母親又抖聲問：

「你不是有一把彈簧刀的？」

「怎麼樣？」

「聽別人說，許多阿飛都拿著彈簧刀去搶錢。」

「阿媽！難道你當真以為我用刀子殺了人了？」亞洪雖然激動，理性未失。當他說出這句問話，嗓子壓得很低。

「你褲子上有血。」

「那是狗血！」

「如果是狗血的話，你也不會半夜三更拿去沖涼房洗了。」

亞洪急得連眼淚也迸了出來；不過，說話時的語調比剛才更低。

「不要瞎猜疑，好不好？」他說，「我怎會幹這種事情？」

13

東方泛起魚肚白的顏色。亞洪不想再睡，索性一骨碌翻身下床。

亞洪沒有將盤結在心頭的憂慮掩飾得很好，顯而易見。當他起身時，偶然的一瞥，竟發現母親睜大眼睛望著他。母親並不開口。但是，她的眼睛裏卻有火燄在燃燒。這火燄一直燃到亞洪的心坎裏。（她一定知道了。我雖然沒有將事情講給她聽，她還是知道的，沒有人比她更了解我。有時候，我連自己也無法了解；但是她了解我。）想到這裏，亞洪打了一個寒噤，疾步走去拉開房門。

走進沖涼房，一眼看見那條浸在肥皂水中的褲子。（天已亮。同屋居住的人不久就要起身。這條褲子必須趁早洗淨。）蹲下身子，伸出雙手去洗褲子。這條褲子上的血跡，在肥皂水中浸了一段時間，很容易洗乾淨。

將洗淨的褲子掛在綁在沖涼房裏的繩索上。（這一個問題解決了。不過，這是一個小問題。那個傢伙，被我刺了一刀後，不知道怎麼樣了。只要那個傢伙不死，即使被警方抓去，最多也不過坐幾年監；但是那傢伙……）他的心，頓時又亂了起來。從昨夜到現在，他的腦子老是被這些思念占據著。

強自遏止內心的激動，走到瓷盆邊去洗臉。

望望鏡子裏的自己，吃了一驚。（我的臉色怎會這樣難看？青中帶灰，好像躺在床上的病人。）然後刷牙。（那個傢伙究竟有沒有死？）他又想到這個問題了。這個問題使他感到極大的困擾。（等一下，先下樓去買幾份日報。如果那人已死去的話，報紙上一定會有新聞刊出。反之，報紙要是沒有報導的話，最低限度可以證明那人並沒有死去。）匆匆刷牙，用清水漱清口中的牙膏泡沫，回房，從箱子裏取出舊衣舊褲。

「出街？」母親問。

亞洪點點頭。

「到甚麼地方去？」母親問。

「買一點東西。」

「買甚麼？」

「買……買……」亞洪急中生智，終於說了這麼一句話，「買香菸。」

縱然如此，仍不能說服母親。母親抖聲說：

「早飯還沒有吃，就想吸香菸了？你一向沒有菸癮的。」

亞洪胡亂答了一句，「現在我只想吸菸」之後，匆匆走了出去。當他走到樓下時，天完全亮了。對街有一家茶樓。茶樓門口有一個報紙檔。亞洪疾步穿過馬路，向報紙檔買了三份日報。（不能馬上回去。阿媽見我查閱報紙，一定會懷疑我做了壞事的，還是上茶樓去喝早茶吧。）雖然有了這樣的想念，卻沒有上樓。理由很簡單，他急於知道報紙上有沒有關於這件事的報導。因此，站在報紙檔邊，就翻閱手裏的報紙了。第一份日報的港聞版中有兩則關於搶劫的新聞，都是發生在市區的。正因為這樣，緊張的情緒也就鬆弛下來了。翻開第二份日報，港聞版中根本沒有搶劫新聞。然後翻開第三份日報，港聞版中也有兩則搶劫的新聞，與第一份日報的報導差不多。（看樣子，那傢伙沒有死，只要那傢伙不死，就用不著緊張。）

拿了報紙穿過馬路，見到廢物箱，想起一個問題。（不能將報紙拿回家去，阿媽見到了，一定會起疑心。剛才，她已起疑心。）想到這一點，將報紙塞入廢物箱。（這些日子，搶劫事太多。拿昨天來說，報紙上就有兩樁搶劫案。）遊目四矚，路上已有不少行人；但是，沒有一個人注意他的行動。他邁開腳步，朝大廈的入口處走去。（現在，報紙已看過，既然沒有報導，就可以放心了。如果那傢伙當真被我刺死的話，報紙一定會用大字刊出這一則新聞。）走進大廈，腳步自然而然加快。走到電梯口，等電梯下來。（今天應該快快樂樂玩一天了。昨天晚上，吃的苦頭可不少。那筆錢，雖說是搶來的，也不容易。）電梯門啟開，走出五六個人。這五六人看來都是趕去中環返工的。這時候，出街的人比從外面回來的人多。亞洪進入電梯時，電梯中只有他一個。

他伸出手指，揿了電鈕。（在與洗彩玲見面之前，還有許多事情要做。）

電梯門啟開，疾步朝家門走去。

揿門鈴。

走來應門的，是包租婆。

「這麼早，就出街了？」她問。

亞洪露了一個似笑非笑的表情，並不答覆她的問話。包租婆是一個長舌婦，不搭嘴，還不要緊，只要一搭嘴，就會像錄音帶那樣，很久很久都不會完結。

回房。

阿媽睜大眼睛凝視著他。那眼睛好像兩盞光芒強烈的探照燈，使亞洪不敢正視。

當母親走去廚房燒水煲粥時，亞洪趁此打開箱子，拿了一點錢出來，塞入褲袋。

一屁股坐在床沿，發獃。他很想早些出街；但是太早出街，買不到甚麼東西。（還有，穿了新衣新鞋回來，阿媽不免又要問長問短。我怎樣答覆她。總不能告訴她：這些錢是搶來的。）轉念一想，又覺得這不是一個嚴重的問題。（我可以告訴她：這些錢是向肥勝借的。）有了這樣的想法，緊張的心情鬆弛。（但是，阿媽會相信我的話嗎？肥勝也不能算是一個有錢人，怎會借這麼多的錢給我？）這樣想時，眉頭皺得更緊。但是，這問題立刻獲得解決。（我可以說他賭外圍狗贏了錢。對，這是一個很好的說法。香港有許多人喜歡賭狗賭馬的。賭狗贏錢，是一件極其平常的事情。）

這樣想時，道友超推門而入。道友超總是這個時候回家的。當他見到亞洪時，他問：

「這麼早就起身了？」

亞洪懶得開口，以聳肩的動作代表答覆，站起身，朝房門口走去。

當他拉開房門時，母親從廚房走出，問：「亞洪！為甚麼不吃東西就出街？」亞洪唯恐浪費太多的時間，只裝作沒有聽見，疾步走去拉開大門，朝電梯口走去。電梯門啟開，走進去。站在電梯裏邊，釋然舒了一口氣。電梯到了地下，亞洪疾步走出大廈。大廈門口有一家士多，買了一包香菸，朝電車站走去。

電車站上，黑壓壓地擠滿了人。（看樣子，都是趕去中環返工的。）電車來了，停在亞洪面前。亞洪首先上車，占得一個靠窗的座位。（我的運氣真不壞，居然占得這樣一個座位。）他是沒有心情欣賞街景的。他的情緒很緊張。電車開動了，很慢。（其實，我身上有那麼多的錢，何必乘搭電車？不如下一站落車，改搭的士。）轉念一想，又覺得這樣做是不對的。（時間還早。乘搭的士前往中環，店鋪還沒有開門。）

14

電車駛抵灣仔，亞洪朝窗外一看：修頓球場。沒有人在打波，連打籃球的人也沒有。看台上疏疏落落坐了七八個人：有的在閱讀報紙，有的在吃東西；有的坐在那裏發獃。（時間太早，打波的人大概還在睡覺。）電車繼續朝前駛去，不久抵達大佛口。他見到蠟像院的廣告牌。（現在既已有錢了，就該走去蠟像院參觀一下。肥勝看過的，說是那些蠟像做得與真人一模一樣。肥勝還說：電視小姐黎婉玲的蠟像做得與熒光幕上的黎婉玲很相似。這是值得參觀的。明天，要是洗彩玲肯跟我在一起的話，帶她到蠟像院去參觀。但是……）轉過臉來望望那人：那人圓睜雙目，怔怔地凝視他。（為甚麼？這個傢伙為甚麼老是睜大眼睛望著我？我又不是電影明星，有甚麼好看？）雖然如此，做賊心虛的亞洪，還是沒有勇氣接觸他的視線。（難道是警務人員？聽別人說：警方有許多便衣偵探。這個傢伙的神氣，有點像便衣偵探。不如下車吧。）轉念一想，覺得沒有必要這樣做。（第一，這個傢伙未必是便衣偵探；第二，就到中環了，何必在這裏下車？我不能老是自己嚇自己。雖然昨天晚上用刀子刺傷了一個人，但也用不著這樣緊張。這些日子拿著刀子出去搶劫的人不知道有多少，不見得每一個都被抓去。還是想想冼彩玲吧。我是為她才走去搶錢的。錢已搶來，何必老是擔心被警察抓去？）

想到這裏，電車在雪廠街口停了。亞洪站起身，下車。

沿著電車路朝前走去。

由於時間還早，大部分店鋪還沒有開門。

這是一個晴朗的早晨，陽光極好。（略嫌熱一些；不過，到大嶼山去旅行，這種天氣倒是相當不錯的。）走進告羅士打行，有意走去那家專賣英國貨的百貨公司看看。（太早，還沒有開始營業。）

走出中建大廈，站定，四下環顧。這是香港的心臟地帶，商店特別多。大部分店鋪都沒有開始營業，包括利源東街的店鋪。

亞洪有點焦急了。他必須買到一套新西裝與一對新皮鞋。再過些時，他就要陪冼彩玲到大嶼山去了。冼彩玲一直嫌他窮。（如果我能夠穿得整齊一些的話，冼彩玲一定會更加喜歡我。）望望腳上穿的皮鞋。（太舊了。實在太舊了。現在流行方頭皮鞋；但是我還穿著尖頭皮鞋。）他一邊朝前走去；一邊注意迎面而來的行人，不論男或女，每一個都穿方頭皮鞋。（必須買一對新皮鞋，要不然，就顯得太寒酸。）一家商店的櫥窗裏放著最新款的皮鞋。黃色的、黑色的、濕皮的、鱷魚皮的……種類極多，幾乎每一對都有特色。問題是：店鋪的鐵門尚未拉開。

亞洪不能等待那些店鋪開門。理由是：再過些時，他就要與冼彩玲見面了。繼續在中區兜來兜去，終於見到一家公司已啟市。亞洪高興得彷彿探險家發現寶藏，懷著興奮的心情走進去選購他想購買的衣、褲和皮鞋。

穿了新衣新鞋走出商店後，久久盤結在心的自卑感終於消失。

（在這個地方做人，沒有錢是不行的。有了錢，甚麼問題都可解決，沒有錢，甚麼問題都不能解決。）因此，他又想到昨天晚上的事情。**（我不能不去搶錢。我要是不去搶的話，不但沒有能力買新衣服與新皮鞋，也沒有辦法陪冼彩玲到大嶼山去。）**他用這個理由去寬恕自己的錯誤，藉此減少心情上的負擔。

疾步走去港外線渡海輪碼頭，先向小販買零食，然後向報攤又買了一份日報。百無聊賴，將那份日報翻來翻去。平時，看報紙，只看戲院廣告與歌廳廣告，對新聞是一點也不感興趣的。但是現在，因為要消磨時間，竟將新聞內文也逐個字讀了。好容易挨過十點半，不見冼彩玲來，有點心焦，走去打電話。

「請冼彩玲小姐聽電話，」他說。

「她出街了，」對方說。

「她……她到甚麼地方去了？」

「不知道！」對方的語氣很難聽。

「她甚麼時候回來?」

「不知道。」

亞洪想繼續詢問時，對方將電話掛斷了。亞洪有點生氣，但一點辦法也沒有。(冼彩玲這個女人也太糊塗了。明明約我今天到大嶼山去的，為甚麼還不來?難道搭不到車?或者，她已忘掉這個約會?)

沒有辦法，只好坐在長椅上枯候。

等到十一點半，依然不見冼彩玲。雖然並不焦急，倒也不能不感到失望。(她究竟到甚麼地方去了?)這個問題是不容易得到解答的。因此，有了許多猜想。(也許她另有約會。但是，也有可能不是另有約會。如果不是另有約會的話，她到甚麼地方去了?)在尋求問題的解答時，情緒忽然好轉。(也許出街買東西去了。)有了這樣的想法，很有耐心地坐在那裏等候。

繼續等了一個多鐘頭，仍不見冼彩玲走來，祇好再一次打電話了:

「請冼彩玲小姐聽電話，」他說。

「出街了。」

語氣冷得像塊冰，使亞洪再也沒有勇氣開口。對方聽不到亞洪的聲音，將電話擱斷。亞洪大失所望，下意識放下電話聽筒。(她究竟到甚麼地方去了?)心似鉛般沉重。(她約好我到大嶼山去的，怎麼可以失約？）重回碼頭，坐在長椅上。心煩意亂，腦子裏祇有混亂的思念。他是很喜歡冼彩玲的，要不然，也不會拿了刀子去搶劫。但是現在，冼彩玲失約了。對於他，這件事比被人摑一記耳光更難受。他對冼彩玲的愛終於轉變為恨。（我要是見到她，非責罵她一頓不可。）

想起昨晚的事，心煩意亂；想起冼彩玲的失約，妒火狂燃。這兩種不同的感情，變成兩個交戰的力量，在他的內心中進入交戰狀態。他感到極大的困擾，因此有了悔意。（我真傻！為了冼彩玲，竟做了這麼一件可怕的事情！冼彩玲是甚麼東西？成天在男人堆裏打滾，除了錢，甚麼也看不見！）越想越生氣，渾身發抖。（為了這樣一個賤貨，我竟用刀子去刺傷那個人。如果那人只是受傷，問題還不嚴重，萬一他因傷重而死去的話，那就糟了！）這個可怕的思念一再出現在他的腦子裏，使恐懼在他心中生了根。（我真傻！為了冼彩玲這樣的賤貨去做這種事情，實在太傻！冼彩玲是賤貨，一點也不誇張。那天晚上，我親眼見到她與一個男人從茶餐廳走出來。那男人不知道在她耳邊說了些甚麼，她笑得格格的。那男人有一輛私家車，所以冼彩玲願意跟他交朋友。冼彩玲的眼睛裏只有錢。任何一個有錢人都可以跟她交朋友。她就是這樣一個賤貨。我卻為了她走去郊外搶錢。我真傻！）臉上出現憤怒的表情，好像剛剛與別人吵了一架似的。

15

明知冼彩玲不會來了，他卻不願將冼彩玲的失約當作事實來接受。

繼續坐了半個鐘頭左右，不見冼彩玲走來，不得不承認剛才的興奮與喜悅並無實質的依據。興奮變成憤恚，他用近似跳躍的動作站起，大踏步走出碼頭。想回家，但是回家也不可能平息憤懣。（她為甚麼不來？忘記了？還是另有約會？她……）越想越煩，沿著人行道緩步行走，卻不知道應該走去甚麼地方。

走了一陣，站定，呆呆地望著對街的電影院。

那電影院門前是黑壓壓的擠滿行人。大部分行人都穿著紅紅綠綠的新衣，彷彿過新年似的。有個小販在電影院前賣汽球。幾乎每一個過路的孩子都向他買汽球。（好像過新年似的，每一個人都很開心。不錯，每一個人都很開心。只有我最痛苦。我不應該用刀子刺人的。我不應該為了冼彩玲用刀子刺人。冼彩玲是個賤貨。她有許多男朋友。她約好我今天到大嶼山去的，卻將這個約會忘記了。我太蠢。為了冼彩玲這樣的女人，居然拿了刀子去搶錢，實在太蠢。）他穿過馬路。

站在行人道邊，望著那個小販，看他怎樣向那些小孩兜售汽球。這樣做，當然是一點意義也沒有的。（應該再打一次電話給冼彩玲，說不定她已回家。）這樣想時，立刻走進一家士多。他的內心就是這樣充滿矛盾。剛才，當他想到冼彩玲時，他將她視作賤貨；現在，因為無處可去；因為有了太多的空閒，想為自己安排一些娛樂節目，他又打電話給冼彩玲了。

「請冼彩玲小姐聽電話，」他說。

接電話的人用不耐煩的口氣說：「出街了！」

「你知道不知道她去甚麼地方？」

「不知道！」

語音未完，對方就將電話擱斷。

又碰了一個釘子，不能不責怪自己。（這是我自己的錯，怪不得別人。）走出士多，心裏更加煩亂。這是星期日，街邊熙熙攘攘的擠滿行人。這幾年，香港工業發達，一般的生活水準都高了，每逢星期日，人們就會扶老攜幼走去尋找娛樂節目。（每個人看來都很高興，只有我一個例外。）亞洪站在士多門口，睜大眼睛望那些行人。（站在這裏做甚麼？找不到冼彩玲；又不想回家，就該找個地方坐坐。）他想起肥勝。（如果能夠找到肥勝的話，請他去喝茶。肥勝這個傢伙，雖然相當勢利，待我還不算壞。現在我既已搶到那麼多的錢，也該請他飲餐茶了。再說，我認識冼彩玲也是他介紹的。他與冼彩玲不一定有甚麼來往。不過，他認識不少工廠妹。說不定他的女朋友會知道洗彩玲到甚麼地方去了。）想到這裏，他決定走去波樓看看。

走進波樓，冷清清的，只有一張桌子亮著燈。那兩個正在打枱球的青年，亞洪一個也不認識。（走吧。）掉轉身，朝電梯口走去。（到甚麼地方去？）又是這個問題。如果亞洪心情好的時候，身上有錢，當然不愁沒有去處。現在，身上雖然有錢，因為心情不好，卻不知道應該走去甚麼地方。（我不如在波樓裏看那兩個傢伙打枱波吧。說不定肥勝會走來。）這樣想時，掉轉身，回入波樓，坐在長椅上，看那兩個青年打彈子。那兩個青年的技術很差，看來是不久之前才開始學的。看這種技術不高明的枱球，不是一件有趣的事情，但是他沒有更好的去處。

波樓老板看出他無聊，走過來跟他搭訕，問他打不打枱球。他露了一個極其勉強而不代表喜悅的笑容，說了這麼一句：

「我在等朋友。」

坐了二十分鐘左右，越看越乏味，站起身，走出波樓。（應該回家去了。）但是，他不想回家。（應該吃些東西了。）但是，他不想吃。當他見到報紙檔上的報紙時，他想起一件事情來了。（午報已出版。說不定午報上面會有昨晚那件事的報導。）想到這裏，情緒頓時緊張起來，掏出兩毫子，向報販買了兩份中午出版的晚報。

第一份午報，不但沒有關於昨晚那件事的報導，根本連搶劫的新聞也沒有。（不過，這是一張以狗馬經為主的報紙，對新聞的報導一向不注重。）

他翻開第二份午報。

當他查看新聞的標題時，情緒很緊張。

這份報紙上有一則關於搶劫的報導。這宗搶劫案發生在郊區，時間是昨晚。

閱讀新聞的內文時，手指在發抖。他的情緒緊張像拉開的弓弦。時間是符合的。地點也符合。事情的過程也沒有甚麼不同之處。（一定是這件事了。新聞內文中有這麼兩句：「一男一女在郊外談心，突遇劫匪。」……劫匪！這兩個字眼多麼刺眼！……然而這不是重要的事情。重要的是：那個傢伙的傷勢怎樣了？糟糕！傷勢頗為嚴重，截至目前為止，還沒有脫離危險期。）讀到這裏，情緒更加緊張，渾身發抖，彷彿一株寒風中的枯樹。重讀新聞的內文，依舊是那二十個字：「傷勢頗為嚴重，截至目前為止，還沒有脫離危險期。」……（還沒有脫離危險期？……換一句話說，有可能會死去。）越想越煩躁，好像有一團火在內臟燃燒；也好像有一塊千斤的鋼板壓在他身上。（要是那傢伙因傷重而死去的話，問題就嚴重了。）這個思念使他恐懼得無法獲得片刻的寧靜。他必須忘掉這個思念；但是這個可怕的思念彷彿用膠水黏住似的，再也無法消除。他衹有漫無目的地朝前走去。（要是那傢伙因傷重而死去的話，問題就嚴重了。）他的胃部產生一種奇異的感覺，好像有一隻鋼製的爪正在搔胃壁。（怎麼辦？那傢伙要是死去的話，我就變成殺人犯了。）想到這裏，他必須找些理由來驅除恐懼。（報紙上並沒有提到我的名字。這就證明新聞記者與警方都不知道那個「劫匪」是誰。既然不知道，何必擔心？）情緒忽然好轉，有點像一個被綁細的人忽然鬆綁。（我真膽小。就算那傢伙死了，誰會知道那件事是我幹的？）

轉念一想，又恐慌起來。（警方一定會查出事情是誰幹的。那條小路上有我的衣服與那個女人的手袋。此外，還有兩隻死狗。警方找到了這些東西，就會知道事情是誰幹的。）越想越害怕，心裏亂得很，只想放開嗓子吶喊，彷彿那人已死去，而警方已將他拉入警局。

他繼續朝前走去。

並無一定的去處，只是機械地搬弄兩條大腿。

（怎麼辦？我應該趁此走去別處躲避。……到甚麼地方去躲避？）這些思念，不但不能鬆弛緊張的情緒，反而使緊張的情緒更加緊張。（躲到澳門去。）一邊盤算，一邊行走，陷於無極的沉思中，不自覺地與迎面而來的行人撞了一下。那行人氣得臉色鐵青，不乾不淨地罵了他幾句，他也不在乎。他連洗彩玲的事也不願意想了。（到了澳門之後，日子怎樣過？我從未去過澳門，到了那邊，日子怎樣過？）想來想去，想不出一個解決問題的辦法。心似鐘擺一般，搖盪不已。（不能走去澳門。警方要是知道那件事情。是我幹的，即使躲在澳門，他們也有辦法將我抓回香港。）想到這裏，忽然想喝些酒了。對街有酒樓，他穿過馬路。

在酒樓的卡位中坐定，向伙計要了一碟滷味與一杯拔蘭地。他不是一個喜歡喝酒的人；是煩亂的心情使他必須喝一點酒。他想不出任何方法可以克服內心中的恐懼，以為酒液會給他點幫助。他已困擾到了極點，不得不做一些連自己也得不到解釋的事情。

有了三分醉意時，情形更糟。起先，他以為酒液會產生麻痺作用，喝了幾杯之後，心意更加煩亂。舉起酒杯時，發現酒杯已空。（不能再喝了。再喝，會醉。酒，不會有甚麼用處。）於是，吩咐伙計埋單。

走出酒樓，有點頭重腳輕。（不應該喝得那麼多。）不過，神志還清醒。

迎面走來三個女人。這三個女人都很年輕；身上穿的衣服緊跟潮流。（但是，沒有一個可以與冼彩玲比。冼彩玲比她們美得多。）

漫無目的地在街邊走了半個鐘頭左右，趁著三分醉意，走進一家酒簾[7]去尋歡作樂。（拔蘭地既然不能幫助我忘掉冼彩玲，不如到酒簾去玩一下吧。）

7 酒簾，即酒店。

16

酒簾很暗。在這裏，光線必須黝暗。亞洪在卡位中，坐定，叫了一個簾女來陪飲，這簾女長得又胖又矮，一點也不美。不過，她很年輕。（看樣子，不會超過十八歲。）亞洪喜歡年輕的女人，很想從這個胖女身上得到新鮮的刺激。這地方的收費相當貴，一開十二。好在亞洪身上有的是錢，只要能夠忘掉冼彩玲與那件可怕的事情，別說五六張「青蟹」，即使花一兩張「紅底」也不在乎。他將胖女摟在懷中，吻她，摸她。那胖女長得一點也不美，不過，皮膚很光滑。亞洪既然存心走來尋刺激，花了錢，當然要獲得滿足。他將那個胖女當作洋娃娃來戲弄。

走出酒簾，醉意盡消。（對付女人，就應該用這種方法。冼彩玲與那個簾女沒有甚麼不同，有朝一日，經濟情形差了，也會走去酒簾當簾女的。）這樣想時，心境稍為好了一些，不像先前那樣沉重了。

經過報紙檔，晚報已出版。香港的晚報有兩種：一種是午間出版的，一種是下午出版的。剛才，亞洪閱讀的兩份晚報，都是中午出版的，此刻，他在報紙檔看到的晚報，都是下午出版的。

希望能夠讀到進一步的消息，他向報紙檔買了兩份下午出版的晚報。

兩張晚報都有關於這件事的報導，不過，內容與剛才在茶樓裏讀到的差不多。沒有提到他的名字，對傷者的情況，也沒有進一步的說明。（只要不死，問題就不會太嚴重。）將報紙擲入垃圾桶，繼續朝前走去。**（一張報紙說他的傷勢頗堪憂慮，看來有可能會傷重而死。昨天晚上，在搏鬥時我只刺了他一刀。他怎會受到這樣的重傷？那一刀，究竟刺在身上哪一個部分？）**

不止一次，亞洪被自己的思想嚇得驚惶無主。當他朝前走去時，心神不安。**（不，不能再想這件事了。我應該多想那些快樂的事情。剛才，那個籮女……）**他強迫自己去想別的事情；思慮機構似乎已不受他的指揮。**（萬一那個傢伙因傷重而死去的話，問題就嚴重。）**這時他已走到熱鬧的灣仔區。擠在人群中，竟產生了黑夜在荒地行走的感覺，恐怖的思念再一次占領他的思慮機構。他從來不是一個怯懦的人，現在，卻一點勇氣也沒有了。他很痛苦，總想做些荒唐的事情。**（酒已喝過；籮女已玩過，但是我的心，依舊亂得很。怎麼辦？）**其實，事情既已做了，追悔是一點用處也沒有的。在目前這種情況下，除了等待，沒有別的事情可做。等待是一件非常痛苦的事情，他必須設法消除腦子裏的那些恐怖思念。他又想起冼彩玲，可是再也沒有勇氣打電話給她了。**（如果能夠跟她在一起的話，我就不會這樣麻煩了。現在，我必須設法忘掉這件事。）**

繼續漫無目的朝前走去。**（事情絕不會如我想像中那樣可怕的。那人雖然傷勢不輕，卻不一定會死去。即使死了，警方也不一定會查出是我幹的。）**舒了一口氣，似釋重負。他必須把低沉的情緒好轉。當他走到修頓球場時，不自覺地走入場內，上看台，一屁股坐在骯髒的石階上。他忘記自己身上穿著新衣服。**（這地方總是這樣熱鬧的。）**情結低落的亞洪，喜歡這樣熱鬧的場合。當他坐在看小型足球比賽時，情緒就不像先前那樣低落了。他是一個足球迷，逢到大場波，總會千方百計去撲飛的。現在，當他的視線落在球場上時，他發現這兩隊隊員的技術並不比甲組球員差。**（許多大牌球員都是踢小型足球出身的。）**正這樣想時，穿藍色球衣的那一隊在觀眾的歡呼聲中發動迅雷攻勢；攻入一球。觀眾的情緒相當緊張。**（這倒是一件意想不到的事情，居然看到這樣一場精彩的球賽。）**暫時，他忘掉了冼彩玲；也忘掉了那個受傷的傢伙。可惜的是：球賽繼續進行了十分鐘左右，裁判一聲長笛，結束了。他不知道哪一隊勝；哪一隊敗；不過，他覺得這場比賽相當精彩。這一天，亞洪做過不少事情。祇有這場球賽能夠使他忘掉所有的愁煩。他希望再看到一場精彩的球賽。因此，別人離開看台時，他依舊坐在石階上。

球賽是有的；不過觀眾不多了。起先，他不明白這是怎麼一回事；後來，看了十分鐘的球賽，終於找到問題的答案。

這是一場悶戰。雙方的球技都很差。甲方的球員無法攻入乙方的腹地；乙方的球員也無法攻入甲方的腹地，球員們老在中場傳來傳去，一點精彩也沒有。

球賽缺乏吸引力，使他再一次想起那件事情以及那件事情可能引起的後果。

站起身，走下看台，垂頭喪氣走出修頓球場。心煩意亂，總想做一些平時不大做的事情。**（過**

去，因為身上沒有錢，心裏想做的事，沒有辦法做。現在，身上有了一點錢，卻不知道應該做些甚麼了。）

依舊漫無目的地沿著人行道朝前走去。走了一陣，截住一輛空的士，進入車廂，吩咐司機駛去北角。他想起北角一幢大廈裏有個祕密賭檔，一個月之前，肥勝曾經帶他去賭過錢。

17

賭檔的大門有鐵閘，他記得那鐵閘的式樣。（對了，就是這一家。那鐵閘的式樣與眾不同，一定不會弄錯。）這樣想時，手指已按在門鈴的電鈕上。裏邊的人將門拉開一條縫，睜大眼睛凝視他。

「找誰？」那人問。

「肥勝介紹我來的，」亞洪答。

那人對亞洪看了幾下，將鐵閘啟開。

走到裏邊，熱鬧的氣氛使亞洪感到意外。每一張賭枱邊都擠著不少賭客。（這真是一件意想不到的事，外邊靜悄悄的，裏邊竟會這樣熱鬧。）亞洪走到賭「廿一點」的賭枱邊，發現幾個賭客都是女人。（難道女人比男人更喜歡賭錢？不見得。男人也是喜歡賭錢的。不過，女人有太多的空閒，沒有別的事可做，就走來賭錢了。）

既然走來尋找刺激，沒有理由不賭。在「廿一點」賭枱邊輸了三百元之後，走去賭骰寶。當他賭骰寶時，賭運好轉，一連過了三關，不但將輸去的三百元贏回，而且贏了一千多。如果是過去，贏了這麼多的錢，一定會欣喜若狂，但是現在，雖然贏了錢，卻一點刺激也沒有。（**必須繼續賭下去。贏大錢，才有刺激。**）

有了這樣的想法，他開始下重注。

賭枱邊的變化最多也最快，約莫過了半個鐘頭，亞洪將身上的現款幾乎輸光。

贏錢時，他覺得不夠刺激，輸了錢，急於翻本。

走出賭檔，僱計程車回家。回到家裏，才知道父親已出街。母親則戴著老花眼鏡，坐在房內釘珠袋。（**糟糕！她坐在房內，我不能蹲下身子去拿箱子裏的錢了。**）沒有辦法，只好搭訕著問：

「阿爸出街了？」。

母親脫下老花眼鏡，見到穿了新衣新鞋的亞洪，祇是上一眼下一眼地對亞洪身上直打量。

「這套西裝是新買的？」她問。

「嗯。」

「這對皮鞋也是新買的？」

「嗯。」

「你哪來這麼多的錢？」

亞洪半吞半吐，不敢說出實情，祇說了一句「賭外圍狗贏了錢」，企圖掩飾事情的真相。

「賭外圍狗？」母親的眼睛睜得更大。

「沒有可靠的貼士，我是不賭的。」亞洪用謊言騙取母親的信任。

「像我們這樣的窮人家，有一個人好賭，已經很麻煩了。你怎麼可以走去賭狗？」

亞洪「噢」了一聲後，不再說甚麼。他急於走去祕密賭檔翻本，但是錢在箱子裏。**（阿媽不走開，我不能將箱子裏的錢取出。）**望望母親，心裏急得好像火燄在燃燒。

「不煮飯？」他問。

「還早，」母親答。

「我想吃一碗炒飯。」

雖然緊蹙眉尖，露出憎嫌的神情，母親還是放下手裏的針線，站起身，懶洋洋地走去廚房。

亞洪的情緒頓時緊張起來，心中彷彿有滾水沸騰到喉嚨口。**（這是一個機會，不能遲延。）**當即蹲下身子，以極其迅速的手法打開箱蓋，將箱子裏的現鈔全部拿出，塞入衣袋。**（剛才輸掉那麼多的錢——很不服氣；這一次非要將輸掉的錢贏回不可。）**

吃炒飯原是一種藉口，既已拿到錢，就三步兩腳走入廚房，對母親說：「不要炒了。」

「為甚麼？」

「你有許多事情要做，我出街去吃。」

說著，不給母親開口的機會，掉轉身，疾步朝外急走。剛才在賭場裏，他曾經贏過錢。當他贏錢時，賭博似乎並不能使他獲得新的刺激；現在，因為輸了錢，急於翻本，情緒很緊張。（賭博全靠運氣。尤其賭「大小」，根本無所謂技巧，只要運氣好，贏兩三千，容易得很。）越想越興奮，走出大廈後，伸手截停一輛計程車，進入車廂。（要是能夠贏到兩三千的話，就不能貪心了。那祕密賭檔是日夜都開的，想賭，隨時都可以走去賭。總之，賭錢不能貪心。進入賭場後，必須保持應有的鎮定。）想到「鎮定」這兩個字時，他發覺自己的手指在發抖。（太緊張了，不能這樣緊張。剛才，輸掉那麼多的錢，主要的原因就是不夠鎮定。這一次，就不能亂來了。萬一身上攜帶的錢又輸去的話，再也湊不到賭本。）

車子抵達目的地。亞洪付了車資，疾步走進大廈。

那祕密賭檔的鐵閘關閉著，像發怒人的嘴。

按門鈴。

走來應門的，是另一個大漢。

雖然亞洪剛才已經走來賭過錢，那大漢依舊謹慎地向他提出必要的詢問。亞洪不耐煩了，用略帶憤怒的口氣說了這麼一句：

「我剛才來過了！」

那大漢還是圓睜雙目，直瞪瞪地逼視亞洪。於是，亞洪加重語氣說：

「我是肥勝介紹來的！」

那大漢未必聽過肥勝的名字，不過，從語氣中辨出亞洪的不耐煩，當即將鐵閘啟開。

走進賭場，受到熱鬧氣氛的感染，再也不能保持理智的清醒。

賭場裏的賭博方式相當多，但是亞洪很固執，除了骰寶，對其他的方式都不感興趣。（只有賭「大小」最爽快，贏就贏，輸就輸，不像「二十一點」那樣拖泥帶水。）他走去骰寶枱邊，取出三百元，不管三七二十一，將鈔票放在「大」字上。（只要運氣好，贏一點錢並不困難，連過三關，三百元就可以變成二千四。）這樣想時，情緒更加緊張，血液循環加速。

揭盅之前，他充滿自信。

盅蓋揭開：三隻五！

彷彿有一桶冷水從頭上淋下來，亞洪打一個寒噤。三百元，對他來說，不能算是一個小數目，就這樣被莊家「吃」掉了。

探手衣袋，又掏出三百。（用不著緊張，只要能夠贏到這一手，剛才輸去的三百就可以贏回來了。）

拿著鈔票，有點躊躇不決。腦子裏兩個相反的思念，終於起了衝突。（這一手，應該押「大」，剛才開了三隻五，依舊可以算作「大」。這張枱子，不大跳骰，繼續開「大」，可能性比較多。但是，骰子並無規律，說不定會跳骰。）兩種相反的思念使他不知道應該怎樣下注。

別人都押「大」。

（我應該幫莊。賭骰寶切不可將別人的意思當作自己的意思。這一手，既然大家都押「大」，我就該押「小」。這是最聰明的賭法，只有這樣賭，才會贏錢。開賭場的人，必定贏錢的，要不然，就不會有那麼多的人開賭場了。所以，幫莊是聰明的賭法。）橫橫心，將三百元押在「小」字上。

屏息凝神，等待揭盅。腦子像隻大汽球，空空洞洞，不想那個被他用刀子刺傷的傢伙，也不想洗彩玲。

揭盅結果：雙四一隻六，十四點，「大」。

（又是「大」！糟糕，我已輸去六百！）心中很不安定，幾乎沒有勇氣繼續下注。（我也未免太自作聰明了。這一手，大家都押「大」，我偏要跟他們作對。如果我不自作聰明的話，不是可以將剛才輸去的三百元贏回來了。現在，在短短的幾分鐘內，我已輸掉六百！）越想越焦急，恨不得將身上賸下的錢全部押下。（不，不能這樣性急。賭錢必須保持理智的清醒。剛才那兩手，如果我不是那麼性急的話，就不至於輸掉六百。現在，已到了許贏不許輸的階段，不能性急，必須等機會。）

別人都將鈔票押在「大」字上。

（這張枱子不大跳骰，押「大」，是合理的，看樣子，這一手會開「大」。）不知不覺間，他的手已塞入衣袋。當他的手指觸摸到鈔票時，他又有另外一種看法。

（這一次不會開「大」的。已經開了幾手「大」，怎麼還會開「大」？這一手多數會開「小」。）

將鈔票從衣袋裏拿出。

手裏拿著鈔票，心潮澎湃。

（這是最後一筆錢，不能隨便下注，萬一再輸一手的話，那就完了。賭錢不能性急，剛才已輸去六百；現在不能不謹慎些。）

「大」字上面堆滿鈔票。賭枱邊的賭徒們有了一致的看法。

沒有人押「小」。

「大」字的鈔票越積越多。

（雖然如此，我還是認為這一手會開「小」的。骰子沒有眼睛。你們全部押「大」；它就偏偏來個「小」。賭錢，應該幫莊。理由很簡單，莊家不贏錢，誰肯開賭場？這一手，依我看來，押「小」倒是十拿九穩的。）

正欲將鈔票押在「小」字上時，賭場職員攔住他，說是揭盅了。

沒有辦法，亞洪只好將手縮回。

盅蓋揭開，立刻引起一片嘆息聲。亞洪定睛一瞧，一三四，八點，「小」。

賭徒們因押「大」開「小」而嘆息，亞洪則因應中未中而懊惱。

（這一手，我看準開「小」。如果不是因為考慮得太多，錯失下注的時間，身上的錢不是可以加一倍了？）

越想越懊惱，恨不得捉住自己一陣子搽打。他再也不能保持應有的鎮定，睜大眼睛怔怔地望著賭枱，心裏亂糟糟。

（不能再錯失贏錢的機會了。剛才那一手，明明可以贏錢的，卻因為躊躇不決而錯失了機會。現在，不能再遲疑。）

當別人將鈔票押在「小」字上的時候，亞洪毅然決然將手裏的鈔票放在「大」字上。

（這一次，必須贏錢，我身上只剩幾塊錢了，如果這一手開「小」的話，我就完了。明天，我就不能請冼彩玲吃飯看電影了。）

（何必想她呢？這冼彩玲根本不是一個好人。就算她明天打電話給我，也不應該理睬她了，我應該將她忘掉才對。）

（這一手，非開「大」不可。）

情緒很緊張，緊張得幾乎連心都要跳出來了。

他將最後一注押在「大」字上，心情極度緊張，兩手握汗；但是盅內的三粒骰子，只有十點。

（就是差這麼一點。要是多一點的話，我就可以贏錢了。現在……）

他依舊睜大眼睛站在賭枱邊，看賭場職員將他的錢拿去。

（這是我自己的錯，怪不得別人。……別人都押「小」，我卻固執地押「大」。……我太固執，輸錢是應該的。）

將手塞入衣袋，只剩幾個大銀與幾個毫子了。

（單靠這幾個大銀，怎麼能夠翻本？……走吧。站在這裏看別人贏錢或輸錢，都不是一件有趣的事。……賭場是最現實的地方，沒有錢，就沒有理由繼續站在這裏了。走吧。）

雖然一再催促自己離去，兩條大腿卻一動也不動。

（袋裏還有幾個大銀，要是運氣好的話，未必不可以翻本。押中「四點」或「十七點」，一塊錢就可以贏五十塊錢。有了五十塊，連過三關，就可以有四百塊錢了，我為甚麼不試一下？）

從衣袋裏取出兩個大銀，放在「四點」上。雖然下注的數目這麼少，在等待揭盅的時候，心急火燎，比剛才更緊張。

（如果當真開「四點」的話，兩塊錢就可以贏到一百塊錢了。……一百塊錢不能算是一個小數目。……讓我算一算：拿一百塊錢押大小，連過三關的話，一百變兩百；兩百變四百；四百變八百。……哇！連過三關就可以有八百元在手了。……如果有膽量的話，祇要多贏一手，八百就可以變成千六。……有了千六，就可以慢慢下注了。祇要運氣好，說不定會贏八千一萬。）

越想越興奮，眼睛睜得比桂圓還大。（為甚麼還不揭盅？大家都已押好了，為甚麼還不揭盅？……老天爺要是有眼睛的話，讓我買中「四點」……為甚麼還不揭盅？）

揭盅時，他的眼睛一眨不眨地望著那隻盅，心絃拉得很緊，彷彿隨時都會斷掉似的。他的身子，因過分緊張而微微有點搖曳，兩腿發抖。

盅蓋揭開，雙六一隻五，十七點！

眼前出現一陣昏黑，差點暈了過去。

（我的運氣實在太壞了，「十七點」與「四點」是一樣的，都是一賠五十。如果我將兩塊錢押在「十七點」上，此刻不是贏了一百塊錢了？但是，我竟押「四點」。我的運氣實在太壞。走吧。）

亞洪掉轉身，大踏步走出賭檔。當他走到電梯口的時候，他有點追悔了。

（我身上還有幾塊錢，要是繼續賭下去的話，說不定會翻本。）

電梯門啟開，他走了進去。

（不過，要翻本，單靠幾塊錢是不夠的。）

電梯抵達地下，走出大廈。錢已輸去，沒有麼地方可去，祇好回家。

坐在電車上，心裏更加煩亂。

（太糊塗了。我這個人實在太糊塗。那筆錢是冒了生命的危險搶來的，竟這樣隨隨便便送給賭檔了。我太糊塗！）

想到這裏，一種無可奈何的感覺，有如火燄一般，在他內心中熊熊燃燒。

（為了這筆錢，我將那個傢伙刺傷。現在問題還沒有解決，卻將錢輸光了。）

心猶不甘，臉上呈露著凶惡的表情。

（我一定要設法將那筆錢贏回來。那筆錢是用生命去換來的，不能隨隨便便送給賭檔。）

下車，穿過馬路，回家。臉上的表情很難看，咬牙切齒，彷彿受了別人的侮辱，必須報復。悶得要死。

胸部有如吹得太脹的汽球，隨時會爆。怒火在他內心中越燃越旺，卻連惱怒的對象也弄不清楚。雖然錢在賭檔輸去，卻沒有理由惱怒賭檔老板。那賭檔老板並沒有拉他去賭錢。

（不，我不能將錢隨隨便便輸去。我必須找到一點賭本，將輸去的錢贏回。）

（到甚麼地方去找賭本？阿媽是不會有甚麼錢的，即使有，也不能向她拿。）

（不如打個電話給肥勝，向他借幾十塊錢。）

想到這裏，恰好經過一家士多，走進去，借打電話。當他站在電話機前時，又躊躇不決了。

（肥勝未必在家。）

（就算在家，也不會借錢給我。他知道我沒有入息，借了錢，沒有能力償還。）

（肥勝雖然經濟情形不錯，將錢花在女人身上，心甘情願；借給朋友，他是不肯的。）

（何必碰這個釘子？）

他將電話聽筒拿了起來，沒有撥號碼，又將電話聽筒放下，當他走出士多時，心情比剛才更加煩亂。

（那筆錢輸得太冤枉，我必須設法將錢贏回來。在賭檔，只要運氣好，贏五六百塊錢，是輕而易舉的事。剛才，我賭得太急。賭錢要等機會，絕不能性急。如果我能找到賭本的話，一定要賭得鎮靜些。這是很重要的，只要賭得鎮靜，將那筆錢贏回來，不會有太大的困難。）

（問題是：到甚麼地方去找賭本？香港是個現實的社會，大家只會錦上添花，不會雪中送炭。）

心似打了一個結。

臉上的表情很難看，彷彿剛才跟別人打過架似的。回到家裏，悶悶地坐在房內，像古廟裏的泥菩薩。拚命搶來的錢，竟湯裏來、水裏去，白白送給賭檔。

（我必須將那筆錢贏回來。）

（沒有賭本就無法贏回那筆錢。）

（不如向阿媽拿。）

（不能向阿媽拿，阿媽不會有甚麼錢的，最多不過二三十塊錢，拿了二三十塊錢走去賭檔，有甚麼用處？）

（我真蠢！皮箱裏還有兩隻手錶，將兩隻手錶押掉後，不是有賭本了？）

18

興奮地蹲下身子，揭開床底下的箱蓋，將兩隻手銬取出，疾步朝外急走。（這兩隻手銬，不知道可以當多少錢？）走入電梯。電梯裏有一個單身女人。（這女人不但臉上搽得像大花面一樣，身上還灑著太多的香水。）女人睜大眼睛望望亞洪。亞洪正在凝視她的手袋。（這隻手袋裏不知道有多少錢？現在，電梯裏只有我與她兩個，我只要用拳頭將她打暈，就可以搶到這隻手袋了。）腦子裏有了這樣的思念，心跳加速。（不，不能再搶別人的錢財了，那個傢伙被我刺傷後，傷勢相當重，我要是再搶這個女人的手袋的話，這個女人走去報警，警方一定會將我抓去。這是我住的地方，我怎麼可以在電梯中搶錢？）這時，電梯已到地下。亞洪大踏步走出大廈。

走到押門前，有點遲疑不決。（我身上的兩隻手銬都有問題。我要是將兩隻手銬當掉的話，等於告訴警方：那傢伙是我刺的。）有了這樣的想法，亞洪內心更加虛怯，一動不動地站在那裏，像個木頭人。（怎麼辦？我該怎麼辦？）皺眉尋思，希望藉此作一個明智的決定。（我的膽量未免太小了。手銬當在押店裏。警方怎會知道？）

橫橫心，三步兩腳走進當店。

朝奉仔細察看兩隻手錶，問亞洪：

「要當多少？」

「可以當多少？」亞洪反問。

朝奉再一次仔細察看兩隻手錶，然後說了這麼一句：

「三百。」

「能不能多當一些？」

「你想當多少？」

「五百。」

「最多給你三百五。」

「不能再多？」亞洪的口氣有點像哀求。

朝奉慢吞吞地搖了搖頭，意思不能再加。亞洪急於走去賭檔翻本，說：

「就三百五吧！」

朝奉向他索取身分證。他說：「身分證在家裏。」朝奉說：「沒有身分證不能當東西。」亞洪急於翻本，只好趕回家去。

（當東西也要身分證，這是甚麼意思？）

在回家的途中，他一直在想著這個問題，思想狀態陷於極度混亂。

（看樣子，這種規定是便利警方調查那些用不法手段弄來的東西。）

（如果這猜測不錯的話，事情就麻煩了。那兩隻手錶是暴力搶來的，當掉後，留下身分證的號碼，豈不等於給警方留下一條線索？）

（還是不當得好。）

（不當，哪裏會有賭本？沒有賭本，怎麼能夠走去賭檔將輸掉的錢贏回？）

想呀想的，已經回到家了。身分證放在皮箱裏，但是，他並不立刻蹲下身子去取。他有點遲疑不決。

（也許我的猜測並不對。就算我將兩隻手錶押掉，警方也不一定會查出兩隻手錶是屬於那兩個人的。）

想像中的種種極有可能化為現實，橫橫心，蹲下身體，打開箱蓋，取出身分證。

站起身，母親走進來了。

「為甚麼拿身分證？」母親問。

亞洪吃了一驚，思慮機構暫時失去效用，睜大眼睛怔怔地望著母親。

「為甚麼拿身分證？」母親追問一句。

亞洪心中一急，終於期期艾艾說出這樣一個理由：

「肥……肥勝邀邀我到……到澳門去旅……旅行。」
「到澳門去？」母親顯然感到意外。
「這……這是他的意思。」
母親並不相信亞洪講的是實話；但也不再問他了。亞洪唯恐母親提出別的問題，將身分證塞入衣袋，朝房門口走去。
「又出街？」母親問。
亞洪只好繼續撒謊：「肥勝在樓下等我。」
母親說：「沒有事，不要老是出街閒蕩。」
亞洪只裝沒有聽見，大踏步朝外急走。當他進入電梯後，信念再一次堅定起來。
（必須將那筆錢贏回。）
（將那筆錢贏回之後，我可以將兩隻手錶馬上從當店贖出。）
（只要贖出手錶，警方就無從調查。）
信心大增，走出大廈後，腳步搬得像滾動中的車輪。進入當店，將兩隻手錶當了三百五；然後在當店門口截停計程車，趕去賭檔。照理，他是沒有理由這樣性急的，但是，他的信心增加了，彷彿賭場老板已準備好一筆錢等他去拿似的。
在一天中，這是第三次進入那家賭檔。他已變成熟客，開門人見到他時，不再問長問短。

亞洪依舊選擇骰寶。

（剛才，那筆錢是在骰寶枱輸去的；現在，必須將那筆錢從骰寶枱贏回來。）

（剛才，賭得太急；現在，必須保持應有的冷靜。賭錢不能性急，應該等機會。）

（莊家已經開了三次「大」，這一次有絕大可能開「小」。）

（不，不能這樣性急，還是等機會來到時再下注吧。）

手裏雖然拿著錢，卻不下注。他有了過分的謹慎，只是睜大眼睛望著揭盅。盅蓋揭開，果然開「小」。亞洪非常後悔，恨不得掌擊自己。

（明知要開「小」的，卻不下注。我這個人根本不配走來賭錢！）

（如果將三百塊錢押在「小」字上的話，現在不是變成六百了。）

這樣想時，心中好像有火燄在狂燃，再也不能保持鎮定。

毫不考慮，將三百元押在「小」字上。

（連過三關，就可以變成二千四。只要運氣好，剛才輸掉的錢，很容易贏回。）

盅蓋揭起，感受突呈麻痺，撟舌不下，目光直視，盅內的三粒骰子使他的希望變成泡影。他押「小」，開的是「大」，心似刀割。

（手裏只賸五十元了。怎麼辦？如果這五十元也輸掉的話，我就一無所有。我必須將輸掉的錢贏回來，絕不能就此算數。只要運氣好，五十元一樣可以贏幾千。）

（不，不能再賭。這是最後五十元，輸掉後，萬一冼彩玲打電話來，我就沒有錢陪她去玩了。）

（冼彩玲！這個下賤的女人，何必再去想她？為了她，我做了犯法的事情，她卻連約會也不記得。這種女人，必須敬而遠之，即使她打電話來，也應該給她一個不理不睬。）

（我冒了生命的危險將這筆錢搶來，竟糊裏糊塗輸掉了，我不甘心。）

亞洪經過一番內心的鬥爭後，終於將最後的五十塊錢放在「大」字上，情緒緊張，大腿發抖。

（這五十塊錢是不能輸的；輸掉這五十塊錢，我就完了！）

他甚至默禱上蒼保佑他了。那種焦躁不安的情緒，有如一鍋滾水，在他內心沸騰不已。

（不能輸。這是最後五十塊錢了，絕對不能輸。）

眼睛睜得很大，一眨不眨地望著那隻盅。那隻盅裏，藏著他的希望。

（不能輸，絕對不能輸。輸去這最後五十塊錢之後，我就甚麼都沒有了。）

盅蓋揭開時，產生了冷水淋頭的感覺。他想哭，但是淚水沒有流出來，臉上的表情十分呆滯。

（我真蠢！不應該押「大」的，偏偏將錢押在「大」上。）

賭枱邊的幾個女人在笑，在收錢；在嘰嘰呱呱講話。亞洪聽不清楚她們在講些甚麼，很難過，好像長針刺著他的心。

（走吧。錢已輸光，站在這裏做甚麼？）

19

走出賭檔，背上彷彿馱著一樣極其笨重的東西，腳步沉甸甸的。很後悔，恨不得捉住自己一陣子揍打。

（糟糕！現在再也沒有辦法將兩隻手錶贖出來了。那兩隻手錶押在當店裏，總不是一個辦法，當店已記下我的身分證號碼，除非警方不追查，否則一定會抓到我。）

走出大廈後，漫無目的朝前走去。

（警方只要向港九各當店查詢一下，很容易就會查到事情是我幹的。）想到這裏，心一沉，連兩條大腿也好像麻痺了。

（我必須將兩隻手錶贖出來。這是非常重要的事，不能不馬上辦妥。要不然，我一定會被警方抓去。）

亞洪越想越害怕，腳步加快，心神惴惴不安，好像風中的旗子般飄蕩不定。

（三百五加上利息，需要四百左右，到甚麼地方去找這筆錢？）

（到甚麼地方去找這筆錢？如果我有辦法找到這筆錢的話，也不會拿刀子去搶別人的錢了。）

（但是，兩隻手錶必須儘快贖出來，越快越好。）

（朋友們都是窮光蛋，根本沒有辦法幫助我。肥勝手上好像有點錢，但也未必肯借給我。還是回家去叫阿媽想辦法吧。阿媽自己沒有錢，可以開口向別人借。）

腳步越走越快，幾乎在奔了，額角上有黃豆般的汗珠排出。

回到家裏，母親不在房內，三步兩腳走去廚房，用緊張的語氣對她說：

「到房裏來一次。」

「為甚麼？」

「有話跟你講。」

「有話就在這裏講好了，為甚麼要走去房裏？」

「這裏講話不方便。」

「這裏又沒有第三個人，有甚麼不方便？」

亞洪過分謹慎地東張張，西望望，然後壓低嗓子說：

「我要四百塊錢。」

「甚麼？」阿媽的眼睛睜得很大。

「我要四百塊錢。」

「你要四百塊錢做甚麼用？」

「當然有用處，」亞洪心中焦急，連謊話也懶得說了。「阿媽，你必須拿四百塊錢給我！」

「我哪裏來這麼多的錢？」

「向別人去借？」亞洪問。

母親皺緊眉頭，仔細端詳亞洪，好像亞洪是個陌生人似的。

亞洪繼續用哀求的口氣說：「阿媽，請你無論如何幫我想想辦法。」

母親眼裏充滿憂慮與不安的神情，對亞洪呆望一陣後，問：

「亞洪，你究竟在搞甚麼？」

亞洪並不回答她的問題，只說：「阿媽，我有急用，請你無論如何設法拿四百塊錢給我！」

母親緊蹙眉尖，眼珠子左右亂轉，然後搖搖頭，用冷若冰塊的語氣說：

「沒有辦法。」

這四個字，有如四枚針，刺入亞洪的心房，痛得難忍。

「阿媽，請你無論如何幫我找四百元！」

一向慈祥的母親，此刻聽了亞洪的話，臉上突然出現凶惡的表情，眼睛裏彷彿有火燄在燃燒。

「為甚麼要四百塊錢？」她問。

「有急用。」

「甚麼急用？」阿媽問。

亞洪無法壓下惶急的心情，眼圈發紅。他不能將真實的原因講出，唯有撒謊：

「欠……欠別人四百塊錢，不……不能不還。」

母親依舊皺緊眉頭，腦子裏充滿逆向思慮，加重語氣問：

「你怎麼會欠別人四百塊錢？」

亞洪發了一怔，沒有勇氣用謊言騙取母親的信任，祇好用低若蚊叫的語調說出兩個字：

「賭錢！」

母親撅起嘴唇，沉吟片晌。

「我很想幫助你，但是，我沒有辦法幫助你。」她說。

聽了這話，亞洪自無必要再說甚麼，他只好懷著沉重的心情回房。

躺在床上，心亂似麻。（我太糊塗了！怎麼可以將搶來的錢全部送給賭檔？）越想越害怕，渾身發抖。（那兩隻手錶，放在當店裏，總不是辦法。）

20

第二天早晨，落街。穿過馬路，向報紙檔買一份日報。

當他查看「港聞版」的新聞時，他的手指在發抖。那是一則題二文一的新聞，使他緊張得幾乎連心也跳了出來。

（那個傢伙死了！那個傢伙終於死了！報紙上印得清清楚楚，那個傢伙因傷重而死！）

他不敢相信這是事實，然而，這是鐵一般的事實。

他不願意接受這可怕的事實。

他沒有勇氣接受這可怕的事實。

再一次，閱讀這則新聞，逐個字細讀，渾身哆嗦，像樹葉在風中搖動。

（糟糕！現在，我已變成殺人犯了，萬一給警方抓去……）

不敢往下想。事情實在太可怕。

穿過馬路，竭力強迫自己不想這件事；但是，思慮機構已不再受他控制。

（兩隻手錶，那兩隻手錶。我必須將那兩隻手錶贖出。……）

情緒緊張的他，不斷喃喃自語：「兩隻手錶。我必須將兩隻手錶贖出。」

回到家裏，道友超正在吃早飯。

母親與包租婆都在廚房裏，亞洪不便將話當著包租婆的面講出，祇好要求母親到冷巷去。

「做甚麼？」母親臉上出現不耐煩的神情。

「有話跟你講。」

「甚麼話？」

「到冷巷裏去講給你聽。」

「有話，爽快講出，何必這樣鬼鬼祟祟？」

「這裏講話不方便。」

母親無限憎嫌地嘆口氣，放下手裏的碗，一邊拭乾濕手；一邊不清不楚地嘀咕。在冷巷裏，她轉過臉來問：

「你想跟我講甚麼？」

亞洪將嗓子壓得很低：

「我需要四百塊錢。」

「甚麼？」阿媽彷彿被人搥了一拳似的，「我哪裏拿得出這麼多的錢？」

亞洪將食指往嘴上一按，輕輕噓了一聲，意思叫母親不要大聲講話。

「阿媽，」亞洪苦苦哀求，「你必須拿四百塊錢給我！」

母親皺眉瞪眼地對亞洪呆看了一陣；然後壓低嗓子問：

「你究竟搞些甚麼？」

「阿媽，我必須有四百塊錢，」亞洪情緒緊張，說出這話時，渾身排汗。

「我拿不出這麼多的錢，」母親的口氣冷得像塊冰。

「向別人去借，」亞洪說。

「借？」母親臉上出現似笑非笑的表情，「這個年頭還有誰肯借錢給窮人？」

「阿媽，你無論如何要幫我想想辦法。」亞洪哀求。

「我沒有辦法拿出這麼多的錢，即使有辦法，也不會拿給你！」

如果在平時，聽了這幾句話，亞洪早就生氣了。但是現在，連發怒的勇氣也沒有。

「阿媽，請你無論如何想想辦法！」他哀求。

「我沒有辦法。」

亞洪憂心忡忡，見母親不肯幫助他，急得甚麼似的，眼眶噙著淚水。

「沒有這四百塊錢，我……我……」說到這裏，抽抽噎噎哭了起來。

母親對亞洪呆望一陣，捉住他的手臂，將他拉入沖涼房，關上房門。毫無疑問，母親已意識事情的嚴重性，必須從亞洪嘴裏獲悉事實真相。當她向亞洪提出詢問時，語調雖低，卻充滿威脅性：

「你究竟在外邊做些甚麼？」

亞洪有如木頭人一般，站在那裏，不開口。

母親說：「你要是不肯講出實情的話，我就無法幫助你了。」

（怎麼辦？我能不能將事情經過講出來？）

（不。不能講。現在，那傢伙已死去，我已變成凶手，事情絕對不能洩漏。即使阿媽，也不能講給她聽。）

（我要是不講出實情的話，阿媽就不肯幫我想辦法了。我必須將那兩隻手錶贖出來，那兩隻手錶等於給警方留下的線索，不贖出來，遲早會被抓去。）

（不如將事情講給阿媽聽吧。）

（不！不能講給她聽，這種事情絕對不能讓別人知道。再說，阿媽的健康情形一直不好。要是知道我已做了犯法的事情，可能會受不起打擊。）

「為甚麼不講話？」母親說。

亞洪如夢初醒地閃閃眼睛，反問她：

「你要我講些甚麼？」

「昨天早晨，你一早就出街。回來時，卻穿了新衣新鞋；但是現在，你……竟要我拿四百塊錢給你了！這種事情，太不……不合理了！亞洪，你究竟在外邊做些甚麼？」

在這種情形下，除非亞洪說出實情；否則，任何謊言都不會被母親接受。

（怎麼辦？我要是不講的話，阿媽就不肯幫助我了。反之，我要是講出來的話——）他不敢說出實情。

他需要四百塊錢。

因此，他對母親說：「阿媽，你先幫我找四百塊錢，事情辦妥後，詳細講給你聽！」

「四百塊錢不是一個小數目，」母親的聲調低得像蚊叫。

亞洪哭了，邊哭邊說：

「阿媽，你必須拿四百塊錢給我！不給我，我就活不下去！」

母親眼珠子骨溜溜一轉，說：

「我去找十六嬸。數目太大，她未必有辦法……我這就去換衣服。」

三步兩腳走入房內，打開皮箱，取出一套乾淨的衫褲穿上，疾步朝大門走去，剛走到大門背，門鈴響了。

將門拉開，門外站著三個警務人員。

國家圖書館出版品預行編目資料

他有一把鋒利的小刀 / 劉以鬯著 . -- 初版 . --
臺北市 : 聯合文學出版社股份有限公司 , 2023.06
216 面 ; 14.8×21 公分 . -- (聯合文叢 ; 726) (劉以鬯作品集 ; 2)

ISBN 978-986-323-542-2 (平裝)

857.7　　　　112008508

聯合文叢 726

他有一把鋒利的小刀

作　　者／劉以鬯
發 行 人／張寶琴

總 編 輯／周昭翡
主　　編／蕭仁豪
編　　輯／林劭璜　王譽潤
資深美編／戴榮芝
業務部總經理／李文吉
發行助理／林昇儒
財 務 部／趙玉瑩　韋秀英
人事行政組／李懷瑩
版權管理／蕭仁豪

法律顧問／理律法律事務所
陳長文律師、蔣大中律師

出 版 者／聯合文學出版社股份有限公司
地　　址／(110)臺北市基隆路一段 178 號 10 樓
電　　話／(02)27666759 轉 5107
傳　　真／(02)27567914
郵撥帳號／ 17623526 聯合文學出版社股份有限公司
登 記 證／行政院新聞局局版臺業字第 6109 號
網　　址／http://unitas.udngroup.com.tw
E-mail:unitas@udngroup.com.tw

印 刷 廠／約書亞創藝有限公司
總 經 銷／聯合發行股份有限公司
地　　址／(231)新北市新店區寶橋路235巷6弄6號2樓
電　　話／(02)29178022

出版日期／ 2023 年 6 月　初版
定　　價／ 360 元

ISBN 978-986-323-542-2 (平裝)　